RRN

CHATTERBOOKS
COLLECTION

Dirgelwch y Bont

HYWEL GRIFFITHS

Gomer

I Steffan, Megan a Dylan

Cyhoeddwyd gyntaf yn 2010 gan
Wasg Gomer, Llandysul, Ceredigion, SA44 4JL.
www.gomer.co.uk

ISBN 978 1 84851 234 4

Noddwyd gan Lywodraeth Cynulliad Cymru.

Argraffwyd a rhwymwyd yng Nghymru gan
Wasg Gomer, Llandysul, Ceredigion.

Prolog

Mis Ionawr, 1997

Tynnodd Parri waelod ei gap ymhellach i lawr dros ei glustiau a rhwbio'i ddwylo'n ffyrnig. Er gwaetha'r cap gwlân, menig trwchus, crys-t, crys, siwmper, oferôls, côt-dal-dŵr, tri phâr o sanau a welingtons a oedd yn gwneud iddo edrych ddwywaith yn fwy nag oedd e mewn gwirionedd, roedd e'n rhewi. Llifai'r glaw i lawr o big ei gôt, dros ei dalcen ac i lawr ei drwyn. Er mor drwm oedd y glaw, ni allai Parri ei glywed gan fod pob sŵn yn cael ei foddi gan sŵn yr afon. Melltithiodd ei hun am fod allan ar y fath noson. Sychodd y glaw oddi ar ei wyneb ac edrych ar ei oriawr. Deg o'r gloch. Pe bai e'n rhuthro, gallai fod o flaen y tân yn gwylio *Match of the Day* o fewn hanner awr, gyda phaned fawr o de cryf, melys yn ei law.

Cyn bod diwrnod arall o waith ar ben, roedd angen iddo daro draw i'r sièd lle'r oedd y defaid yn ŵyna, llanw'r cafnau dŵr a chloi'r gatiau. Roedd ei dad i mewn yn y tŷ eisoes, yn swatio o flaen y tân, a'i fam yn gwneud paned iddo. Cerddodd Parri'n gyflym drwy'r mwd a'r stecs tuag at y sièd, agor y giât fawr fetel a chamu i mewn. Er y gallai fod wedi ffeindio'i ffordd o gwmpas y fferm â'i lygaid ar gau, estynnodd am y switsh golau plastig a oedd yn hongian i lawr o'r to. Ddigwyddodd dim byd am rai eiliadau, yna winciodd y golau unwaith neu ddwy a gallai Parri weld ambell ben gwlanog yn codi i gael cip ar beth oedd yn digwydd. Winciodd y golau eto'n gyflym am rai eiliadau, cyn aros 'mlaen. Tynnodd Parri ei hŵd yn ôl ac ysgwyd y gwlyb-aniaeth o'r gwallt brith uwchben ei dalcen, fel rhyw gi blewog. Edrychodd o'i gwmpas a sylwi'n syth bod rhywbeth o'i le. Roedd y drws bach ym mhen draw'r sièd led y pen ar agor a'r gwynt cryf yn ei gau a'i agor.

Melltithiodd Parri unwaith eto wrth sylweddoli bod dafad ac oen ar goll. Roedd un lloc ar agor, y *pallet* a arferai fod yn wal ar lawr, a'r bwced dŵr wedi'i droi ar ei ochr. Roedd y llwybr allan drwy'r drws yn arwain at y caeau serth uwchben y ceunant, ac er mor gyfarwydd oedd pob anifail â llwybrau troellog y fferm, heno roedd y lle'n beryg bywyd, yn enwedig i'r oen bach. Allai Parri ddim fforddio colli'r un anifail. Anghofiodd y cwbl am danllwyth o dân, paned, a *Match of the Day*. Cododd ei hŵd dros ei ben a bwrw allan i'r storm unwaith eto.

Er ei fod yn symud 'mlaen ar hyd y llwybr, nid Parri oedd yn rheoli'i gamau. Rhyw bwyso ei hun yn erbyn y gwynt oedd e, un llaw yn gwarchod ei lygaid rhag y glaw, a'r llall yn dal tortsh fach a oedd ond yn goleuo rhyw lathen o'i flaen. Roedd wedi hen roi'r gorau i drio cadw'i hŵd yn ei le. Edrychodd i lawr y llethr i'r dde a gweld y weiren bigog yn sownd wrth y coed. Doedd dim byd yr ochr draw iddi ond ceunant lle taranai'r dŵr. Plannodd ei gamau'n fwy cadarn fyth ar y llwybr a brwydro yn ei flaen. Meddyliodd iddo glywed sŵn oen yn brefu a dafad yn ateb drwy'r tywyllwch. Pwysodd yn galetach yn erbyn y gwynt.

Melltithiodd eto, ac anadlu'n ddwfn gan bwyso yn erbyn derwen gadarn a dyfai wrth ymyl hen giât bren uwchben y ceunant. Beth fyddai'r peth gorau i'w wneud? Ar yr ochr arall i'r llethr roedd yr hen drac rheilffordd. Er na theithiodd yr un trên ar ei hyd ers blynyddoedd lawer, roedd y lein yno o hyd – yr unig linell syth yng nghanol y bryniau crwn a'r afon droellog. Brwydrodd Parri yn erbyn y gwynt a cherdded tuag at bont oedd yn croesi uwchben yr hen drac. Yng ngolau gwan y dortsh gallai weld nifer o styllod coll, a gwelodd fod nifer o'r lleill wedi pydru'n ddrwg. Roedd y ddafad a'r oen wedi cyrraedd yr ochr draw drwy gerdded ar hyd darn o fetel cul ar ochr y bont. Ochneidiodd Parri cyn cychwyn ar yr un llwybr, gan ddal yn dynn yn ochr y bont er mwyn osgoi camu ar y pren pwdr.

Erbyn iddo gyrraedd yr ochr draw, roedd chwys yn gymysg â'r glaw ar ei dalcen. Safai'r ddafad a'r oen yn llonydd, felly cydiodd Parri yn yr oen a throi er mwyn arwain y ddafad yn ôl dros y bont. Ond yn sydyn, daliwyd ei lygad gan fflach o olau. Mellt, meddai Parri wrtho'i hun. Grêt. Dyna'r oll dwi ei angen – cerdded dros bont rydlyd yng nghanol storm o fellt. Yn sydyn, gwelodd y golau eto, yn agosach y tro hwn, ac yn rhyfeddach fyth llanwyd ei glustiau â sŵn pedolau ceffyl yn carlamu.

'Pwy yn y byd fyddai allan yn y fath dywydd?' meddyliodd.

Aeth yn ôl at y dderwen, ac edrych arni. Rhwbiodd ei lygaid yn galed a siglo'i ben. Roedd y goeden erbyn hyn wedi'i goleuo'n goch, goch.

Yn araf a phetrus, estynnodd Parri ei law tuag ati; teimlai'r pren yn gynnes, fel darn o ddefnydd esmwyth. Yna, gwelodd ei law'n diflannu i mewn i'r goeden hyd at ei benelin. Edrychodd yn ôl. Roedd y ddafad a'r oen wrth ymyl y bont, hwythau hefyd wedi cael ofn. Oedodd am eiliad. Yna, heb wybod pam, pwysodd ei ben, yna ei ysgwyddau ac yna'i goesau drwy'r goeden feddal a theimlo rhyw gawod gynnes yn llifo drosto. Roedd sŵn pedolau'r ceffyl i'w clywed yn uwch nawr, ac wrth iddo gamu drwy'r goeden dallwyd ef gan belydrau'r haul, a'r rheiny mor gryf nes y bu'n rhaid iddo gau ei lygaid. Llenwyd ei glustiau â sŵn pedolau.

Mentrodd agor ei lygaid a difaru gwneud hynny. Roedd ceffyl enfawr, du fel glo, yn carlamu nerth ei draed tuag ato, ei ffroenau ar agor a stêm yn codi o'i gorff i gyd. Pwysai dau berson dros wddf y ceffyl, yn cadw'n isel yn y cyfrwy. Yna, wrth i Parri agor ei geg i weiddi, digwyddodd sawl peth ar unwaith. Hedfanodd saeth heibio i'w glust dde, ac un arall drwy boced ei gôt. Baglodd am yn ôl gan deimlo gwres y goeden yn golchi drosto unwaith eto cyn i'w ben ymddangos yn ôl yng nghanol storm yr ochr arall. Llenwyd ei geg â glaw, a llithrodd i'r llawr.

Yn sydyn, clywodd Parri sŵn rhywbeth trwm yn disgyn wrth ei ochr. Roedd ceffyl yn rhuthro tuag ato, a dyn ifanc wedi neidio neu gwympo oddi ar ei gefn. Roedd gan y dyn wallt du at ei ysgwyddau, a chraith wen yn rhedeg o'i glust dde tuag at ei geg. Roedd ofn enbyd yn amlwg yn ei lygaid glas, ac yn yr hanner eiliad gafodd Parri i feddwl, sylweddolodd pam. Roedd yna ail berson, sef merch hardd tua'r un oed â'r dyn ifanc, yn dal ar gefn y ceffyl a hwnnw erbyn hyn yn gwneud ei orau glas i arafu. Yna, dechreuodd y coed o'u cwmpas blygu, eu brigau'n chwyrlïo, wrth i'r glaw droi'n llen drwchus, galed, a dŵr gwyn yr afon yn cael ei daflu i bob cyfeiriad. Er i'r ceffyl wneud ei orau glas i blannu'i garnau'n gadarn i mewn i'r ddaear, roedd yn llithro'n nes ac yn nes tuag at ymyl y dibyn. Tarodd y ceffyl ochr y bont, a hyrddiwyd ei goesau i'r awyr. Hyrddiwyd y ferch hithau oddi ar ei gefn, ac wrth i'r anifail druan ddiflannu, taflodd Parri ei law allan yn reddfol er mwyn ceisio gafael yn ei phigwrn i'w hachub. Sgrechiodd ei freichiau mewn poen. Daliodd yn dynn, ac wrth iddo deimlo'i ddwylo gwlyb yn llithro, gwelodd bâr arall o ddwylo'n cydio yn ei choes ac yn ei thynnu'n ôl i fyny. Gan deimlo'n swp sâl, pwysodd Parri'n ôl yn erbyn y goeden a oedd bellach yn hollol solet unwaith eto. Edrychodd draw ar y dyn a'r ferch ifanc wrth iddynt gofleidio'i gilydd yn ddagreuol, yn ddigon pell o lan y ceunant.

Doedd dim syniad gan Parri beth oedd newydd ddigwydd, dim syniad pwy oedd y ddau berson arall, a dim syniad sut na pham roedd coeden wedi troi yn . . . wel, yn rhywbeth arall.

'Dwi angen paned,' meddai'n flinedig.

1

Y Wers Hanes

Mis Mai, 2010

'*Jones!*'

Deffrodd Owain yn sydyn wrth i dop ei bensel wasgu i mewn i'w foch. Roedd ei athrawes, Miss Hartley-Smythe, yn sefyll o'i flaen, a'i sbectol gul yn bygwth disgyn oddi ar ei thrwyn hir. Roedd hithau'n tapio'i phensel yn gyflym ar ei braich ac roedd golwg flin iawn arni. Sgubodd Owain ei wallt brown yn ôl o'i lygaid glas. Roedd gweddill y dosbarth yn piffian chwerthin y tu ôl i'w dwylo a'u llyfrau.

'*Well?*' gofynnodd Miss Hartley-Smythe.

'Yyymmm . . .'

Mwy o chwerthin.

'*Which of the kings of Britain had six wives?*'

Sylweddolodd Owain ei fod wedi bod yn cysgu. Doedd ganddo ddim syniad am ba hyd. Roedd cloc y stafell lwyd, ddiflas yn dangos ei bod hi'n ddeng munud wedi tri. Cofiodd ei fod wedi edrych ar y cloc pan oedd hi'n dri o'r gloch, a gobeithiai'n daer nad oedd e wedi bod yn chwyrnu. Fyddai dim stop ar dynnu coes Kieran, Jase a Mouse heno!

'Yyym, *Alexander the Great?*'

'*No, Jones, it was not Alexander the Great. You must have dreamt that.*'

Clywai fwy o chwerthin o'i gwmpas.

'*It was Henry the Eighth. Now if Jones has joined us in the present, we'll move on. See me after the lesson, Jones.*'

Y drafferth oedd ei fod yn mynd mor *bored* mewn gwersi Hanes, ac wedi drysu'n llwyr rhwng yr Henrys a'r Harrys a'r Elizabeths a'r Marys. Roedd y stafell, er yn llwyd a digroeso, yn boeth iawn, iawn, oherwydd bod cymylau trwm stormydd yr haf yn crynhoi y tu allan. Doedd athrawon y cartre plant, lle'r oedd Owain yn byw, fyth yn fodlon agor y ffenestri. Pan fyddai mewn hwyliau gwell nag arfer, byddai'n jocan wrtho'i hun mai er mwyn atal y bechgyn rhag dianc roedd hynny. Mewn gwirionedd, roedd y cartre'n poeni cymaint am arbed arian fel bod y ffenestri byth yn cael eu hagor er mwyn arbed arian ar wres.

Allai Owain ddim cofio unrhyw gartre heblaw

am y cartre plant llwm yma ger dinas Lerpwl; cartre plant *Flatlands Young Boys' Institute*. Er nad oedd unrhyw gof ganddo am fywyd cyn y cartre, roedd weithiau'n rhyw hanner cofio ambell beth, neu'n dychmygu ei fod yn cofio – caeau gwyrddion, sŵn dŵr yn rhuthro mewn afon, ac oglau afalau, er enghraiff.

Roedd e'n gwybod yn iawn nad yn Lerpwl y cafodd ei eni. Roedd yn siarad Cymraeg yn un peth, er na wyddai pam. Doedd neb arall yn y cartre'n siarad Cymraeg, ac roedd y ffaith syml ei fod yn siarad Saesneg ag acen Gymreig gref yn golygu ei fod yn dioddef mwy na'i siâr o dynnu coes, ac nad oedd ganddo'r un ffrind yn y lle. Unwaith y mis, byddai hen wraig o'r enw Mrs Ifans yn dod ato i'r cartre, yn ei holi'n dwll yn Gymraeg, yn cywiro pob camgymeriad a wnâi ac yn gwenu'n garedig arno cyn mynd. Dyna rywbeth arall na fedrai ei egluro'n iawn.

'*Jones!*'

Trodd Owain ei ben yn ôl o gyfeiriad y ffenest tuag at flaen y dosbarth, lle'r oedd Hartley-Smythe yn tapio'i phensel unwaith eto.

Er gwaetha'r stŵr a gafodd gan Miss Hartley-Smythe, a chwerthin uchel y bechgyn eraill, roedd gwên lydan ar wyneb Owain wrth iddo

15

gerdded yn ôl i'w stafell. Gan ei fod yn beth mor anarferol gweld unrhywun yn gwenu yn y lle, roedd pob bachgen roedd Owain yn cerdded heibio iddo'n edrych yn wirion arno. Doedd dim gwahaniaeth ganddo – allai ddim byd dynnu'r wên oddi ar ei wyneb heno. Fory, roedd dosbarth Owain yn mynd ar drip.

Roedd y dosbarth uchaf yn cael mynd ar daith wythnos bob blwyddyn, fel rhyw fath o anrheg ffarwél cyn iddyn nhw fynd i'r ysgol fawr, ac i roi'r argraff bod y staff yn trin y plant yn dda.

Doedd dim dal i ble y byddai'r trip yn mynd. Roedd Owain wedi clywed hanesion llawn cyffro gan blant hŷn yn sôn am ganŵio, marchogaeth ac anturiaethau canol nos ar lethrau mynydd-oedd ac mewn coedwigoedd tywyll. Doedd Owain ddim wedi credu eu hanner nhw ar y pryd, ond nawr, ar y noson cyn y trip, dechreuodd ryw hanner gobeithio y byddai rhywbeth tebyg yn digwydd iddo yntau. Y peth gorau o ddigon am y trip oedd mai i Gymru roedden nhw'n mynd eleni. Er bod Owain yn gwybod mai Cymro oedd e, doedd e erioed wedi bod yno. Wel, dim iddo gofio beth bynnag. A fory, byddai'n cael gweld Cymru am y tro cyntaf. Aeth yn ôl i'w stafell, a chwympo ar ei wely'n fodlon iawn ei fyd.

2

Bws, Lorri a Thractor

Fore trannoeth, roedd Owain yn eistedd ar y bws a'i drwyn wedi'i wasgu yn erbyn y ffenest, yn hanner-gwrando ar y siarad uchel o'i gwmpas.

'*I hope they've got go-carts like last year!*'

'*And a Playstation!*'

'*Yeah!*'

'*I'm having the first go!*'

Roedd Owain wedi gobeithio hynny hefyd, er nad oedd e'n credu y byddai'r gweddill yn gadael iddo chwarae rhyw lawer ar y *Playstation*.

'*Jones, you lookin' forward to goin' to Wales?*' gwaeddodd bachgen cydnerth, pryd tywyll, o gefn y bws.

'*Yes, Mouse. You?*' Doedd Owain byth yn siŵr beth oedd Mouse yn ei feddwl pan oedd e'n siarad.

'*Lookin' forward to leavin' you there, mate!*'

Chwarddodd Owain gyda'r gweddill. Roedd wedi hen ddysgu mai dyna'r ffordd orau i

17

ymateb iddyn nhw. Pe bai'n ateb 'nôl, byddai'r cellwair yn gwaethygu.

Setlodd yn ôl yn ei sedd. Roedd un o'r sbrings wedi torri ac yn gwthio i mewn i'w gefn. Ceisiodd symud o gwmpas i'w osgoi . . .

'Jones, stop squirming and sit still!' cyfarthodd llais Hartley-Smythe o flaen y bws. Gallai Owain weld ei lygaid barcud yn ei wylio yn y drych. Eisteddodd 'nôl yn anniddig ar y sbring ac edrych o'i gwmpas. Dechreuodd chwarae â'r blwch llwch rhydlyd yn y sedd o'i flaen, yn methu'n lân ag aros yn llonydd.

Gan besychu a rhuo'n swnllyd, cychwynnodd y bws ei ffordd tua'r de. Gwthiai ei ffordd drwy'r mwg trwchus wrth wau'n araf drwy strydoedd cul Glannau Mersi. Roedden nhw'n symud mor araf nes y dechreuodd Owain ofni mai tric cas oedd y cyfan ac y byddai'r bws yn troi 'nôl am y cartre cyn bo hir. Ond, yn raddol bach, trodd y waliau llwyd a'r strydoedd cul yn friciau coch a strydoedd llydan. Dechreuodd ambell goeden a llwyn godi'u pennau uwchben y concrit. Yna lledaenodd y gerddi'n gaeau, a'r coed yn gloddiau a choedwigoedd bychain. Cyn pen dim, roedd y bws rhydlyd yn bygwth cwympo'n ddarnau wrth iddo fwrw chwe deg milltir yr awr ar hyd ffordd lydan. Wrth i'r bws gyflymu, dechreuodd calon Owain gyflymu hefyd. Edrychai o'i gwmpas gan ryfeddu at y tir yn codi'n serth ar bob ochr i'r ffordd, a'r nentydd bychain yn troelli'n ôl a 'mlaen drwy'r gwyrddni pertaf a welodd erioed.

Doedd y lluniau a welodd yn llyfrau llychlyd y wers ddaearyddiaeth ddim yn dod yn agos at ddal y bywyd a'r cyffro a welai o'i gwmpas nawr. Roedd Owain yn ysu am gael neidio oddi ar y bws a rhedeg nerth ei draed ar draws y caeau, a phlymio ar ei ben i nofio yn y pwll dyfnaf y gallai ddod o hyd iddo. Roedd ei drwyn, unwaith eto, wedi'i wasgu'n dynn ar wydr y ffenest. Trawodd rhywbeth gefn ei ben a chlywodd Mouse yn chwerthin yn uchel y tu ôl iddo. Doedd y llygaid barcud ym mhen blaen y bws ddim wedi gweld hynny, chwaith . . .

Ar ôl rhyw awr neu ddwy, dechreuodd y bws arafu unwaith eto wrth i'r ffyrdd gulhau a hwythau'n gorfod dilyn ambell lorri neu dractor araf rhwng y bryniau.

'*Hmph, farmers* . . .' wfftiodd Miss Hartley-Smythe wrth i hen dractor arall ymuno â'r ffordd o'u blaenau. Roedd y ffermwr oedd yn ei yrru'n edrych bron mor hen â'r tractor ei hun, ac eisteddai ci du a gwyn, gwyllt yr olwg, ar gefn y peiriant, ei dafod coch yn chwifio o ochr i ochr. Pwysodd gyrrwr y bws ar y corn er mwyn trio cael y ffermwr i dynnu i'r ochr.

'Bîp!'

Ond ni roddodd y ffermwr unrhyw arwydd ei fod wedi clywed. Rhaid ei fod yn fyddar, meddyliodd Owain wrtho'i hun.

Roedd gyrrwr y bws yn dechrau colli'i amynedd erbyn hyn.

'Bîp bîp!'

Eto, dim arwydd. Clywodd Owain y gyrrwr yn mwmial rhegi dan ei anadl.

'Bîîîîp bîîîîîîîîîîîîîîîp . . . bîp bîp!'

Dim symud. Daeth yn amlwg wedyn mai dyna oedd hyd a lled amynedd y gyrrwr. Er syndod i bawb, symudodd y bws allan i ochr arall y ffordd gyda sŵn y gêr yn newid a'r injan yn rhuo. Dechreuodd y bws fynd heibio'r tractor. Yna, gwelodd Owain lorri enfawr yn dod i'r golwg rownd y gornel nesaf – yn syth tuag atyn nhw.

'Aaaaa!' Roedd Mouse yn y cefn wedi gweld y lorri hefyd, ac wedi cael braw. Pwysodd gyrrwr y bws ar y sbardun wrth i'r lorri ar y gorwel fîp-bîpio mewn protest.

Edrychodd Owain allan drwy'r ffenest ar y tractor ac ar y dyn oedd yn ei yrru. Daliwyd ei sylw gan liw gwyrdd anghyffredin llygaid y ffermwr, wrth iddo syllu'n ôl mewn panig ar Owain. Mewn eiliad, roedd y bws wedi pasio'r tractor a bellach yn gyrru ar ochr gywir y ffordd. Gwelodd Owain fflach o wyrdd yn hedfan heibio'r ochr arall, ac wrth i fîp-bîp arall atsain o'i gwmpas, gwyddai fod y lorri hefyd wedi pasio heibio'n saff.

Eisteddodd Owain yn ôl yn ei sedd a'i galon yn rhedeg ras yn ei frest. Roedd yr olwg ryfedd ar wyneb y ffermwr yn dal yn fyw o flaen ei lygaid. Ond wedyn, meddyliodd Owain, petai 'na fws mawr a lorri fwy fyth yn bygwth chwalu fy nhractor bach i'n ddarnau mân a'u gwasgaru ar hyd canolbarth Cymru, mi fyddai 'na olwg ryfedd ar fy wyneb i hefyd.

3

Y Tŷ Mawr Cam

Roedd hi'n dywyll erbyn i'r bws gyrraedd pen y daith, a'r gwahaniaeth rhwng cefn gwlad a'r ddinas yn taro Owain yn galed ar ei dalcen. Roedd wedi arfer â gweld goleuadau'r ddinas yn wincio arno ar y gorwel, a fflamau tlws yn neidio o simneiau'r ffatrïoedd. Yma, doedd bron dim golau i'w weld y tu allan, ar wahân i olau ambell fferm unig yng nghesail y bryniau.

'*Wake up! We're here.*' Roedd llais Hartley-Smythe braidd yn grynedig, a'i hwyneb yn wyn fel y galchen. Rhaid bod yr olygfa sedd flaen a gafodd hi'n gynharach i'r digwyddiad gyda'r lorri a'r tractor wedi ei siglo. Clywodd Owain furmur y bechgyn eraill o'i gwmpas yn deffro. Doedd e ddim hyd yn oed wedi ceisio cysgu. Roedd am gofio pob eiliad o'r daith.

Wrth ddisgyn yn gysglyd allan o'r bws i faes parcio bychan, daliodd Owain ei anadl yn ei wddf. Roedd awel iasoer yn chwythu i'w wyneb. Ar wahân i sŵn y bechgyn yn clebran y tu ôl iddo, roedd pobman yn dawel fel y bedd. Safodd Owain am funud a syllu ar yr adeilad tal, cadarn yr olwg o'i flaen. Roedd tri llawr i'r adeilad, a nifer o adeiladau llai o'i amgylch. Doedd bron yr un llinell syth yn yr holl le. Suddai'r to tua chanol y tŷ, ac edrychai'r wal dalcen fel pe bai'n pwyso tuag allan, gan roi golwg braidd yn simsan i'r lle, er gwaethaf maint y cerrig yn y waliau.

'*Shush now, boys.*' Roedd Hartley-Smythe fel rhyw iâr brysur yn clwcian o gwmpas ei chywion. '*Jones, stop staring like a goldfish and get over here.*'

Cerddodd Hartley-Smythe a'r criw o fechgyn draw at y drws ffrynt mawr derw. Roedd pob un astell bren yn y drws o led gwahanol, a bwlyn haearn, deirgwaith maint dwrn Owain, yn sownd wrtho. Gafaelodd yr athrawes ynddo â'i llaw esgyrnog, a churo'n galed.

Ar ôl sawl munud o aros, clywsant sŵn bolltiau'n cael eu tynnu, cloeon yn cael eu hagor, clymau'n cael eu datod ac, yn fwy pwysig, sŵn ci'n cael ei anfon o'r ffordd. Agorwyd y drws mawr yn araf, gydag un gwich uchel. Tu ôl i'r drws, safai dyn enfawr a daflai ei gysgod dros Hartley-Smythe a hanner y criw bechgyn o'i flaen. Roedd cegau pawb led y pen ar agor. 'Criw Glannau Mersi, ie?' holodd y dyn. ''Dech chi'n hwyr. Ma' criw Caerdydd 'di cyrredd ers meitin. Rhys ydw i, gyda llaw.'

Sionciodd Owain drwyddo, a rhaid bod y cawr wedi sylwi oherwydd gwyrodd ei ben i'w gyfeiriad.

'*P-pardon?*' meddai Hartley-Smythe mewn llais anarferol o ddistaw ac ansicr.

'*I said that you're late. The Cardiff lot have been here for a while. I'm Rhys. Come in.* Croeso. *Welcome.*'

Wrth i Owain groesi trothwy'r tŷ, gallai weld wyneb Rhys yn glir am y tro cyntaf. Roedd ganddo farf ddu, drwchus, a honno'n dechrau britho ar yr ymylon, llygaid mawr gwyrdd, a thrwyn hir. Gwgai ar bawb wrth iddyn nhw basio – ond gwenodd Owain arno wrth gamu drwy'r drws. Gallai dyngu iddo gael gwên fach yn ôl.

4

Bacwn a Bytis

Roedd Owain yn rhedeg nerth ei draed drwy eglwys anferth, a sŵn ei draed yn atseinio'n uchel oddi ar y waliau cerrig wrth iddo gyrraedd y drws a arweiniai at dŵr yr eglwys. Gallai glywed sŵn milwyr yn chwalu drws ym mhen blaen yr adeilad, a'u sgidiau trymion yn atseinio wrth iddyn nhw redeg.

'Dacw fe, draw wrth y tŵr,' gwaeddodd un, i gyfeiliant sŵn oer cleddyfau'n cael eu tynnu.

Camodd Owain drwy'r drws, ei gau a'i gloi ar ei ôl, a dechrau dringo'r grisiau oedd o'i flaen. Doedd dim syniad ganddo i ble'r oedd e'n mynd na beth oedd e am ei wneud. Ond roedd e'n gwybod bod ofn arno. Rhedodd nerth ei draed i fyny'r grisiau, rownd a rownd a rownd a rownd nes bod ei ben yn troelli. Cyrhaeddodd lawr ucha'r tŵr a sylweddoli na allai fynd ymhellach. Cynyddodd ei ofn wrth i'r milwyr guro'n galed ar y drws y tu ôl iddo. Edrychodd allan drwy'r ffenest a gweld y ddaear yn bell, bell oddi tano.

Doedd dim modd dianc. Doedd unman i guddio, chwaith – dim cwpwrdd na chist i swatio ynddi fel y gwnaeth o'r blaen yng nghestyll Aber a Chaernarfon. Aeth i banig, gan afael yn rhaff drwchus y gloch fawr haearn a grogai yng nghanol y tŵr, a'i siglo. Dechreuodd y gloch ganu'n uchel nes bod ei glustiau'n crynu. Er hynny, gallai glywed sŵn traed y milwyr yn agosáu . . .

Yna, clywodd sŵn chwerthin yn rhywle'n agos ato. Doedd hynny ddim yn iawn, meddyliodd Owain wrth agor ei lygaid yn araf. Roedd yn gorwedd mewn gwely, y blancedi at ei wddf, a chlychau'r larwm yn canu'n groch yn agos at ei glust. Roedd y bechgyn eraill yn y stafell yn chwerthin am ei ben.

'No *idea what you were on about, Jones, but it sounded like a crackin' nightmare!*'

'Yyyyyyy . . .'

Suddodd Owain 'nôl ar ei obennydd wrth i'r bechgyn eraill, a oedd wedi gwisgo'n barod, fynd allan drwy'r drws gan chwerthin.

Roedd pawb wedi mynd i'r gwely'n syth ar ôl cyrraedd neithiwr (doedd Mouse ddim yn hapus o gwbwl), ac erbyn hyn roedd stumog Owain yn cwyno. Ymolchodd yn gyflym, gwisgo a cherdded allan i'r landin. Roedd mewn coridor cul, troellog, tywyll ag un ffenest fach yn y pen pellaf. Gallai glywed sŵn lleisiau a llestri'n dod o'r cyfeiriad arall, a rhuthrodd at y grisiau serth fyddai'n mynd ag e i'r gegin. Yn ogystal â bod eisiau bwyd, roedd Owain yn gwybod ei fod yn hwyr, a gallai deimlo llygaid barcud Hartley-Smythe yn chwilio amdano drwy'r waliau trwchus.

Cyn iddo gyrraedd y gegin, roedd oglau bacwn a selsig a thost yn codi i'w ffroenau, ac yn cryfhau ei awydd am fwyd. Aeth i mewn i'r stafell, lle'r oedd dau fwrdd hir wedi eu gosod. Ar yr ochr chwith roedd stof fawr, solet, a chwe ffrempan swnllyd arni. Roedd y waliau wedi'u gorchuddio â chypyrddau, ac ar yr ochr arall roedd dwy ffenest yn edrych allan i gefn y tŷ. Roedd ieir yn pigo fan hyn a fan draw, chwech o gŵn defaid yn diogi ar goncrit y buarth, ac ambell fuwch yn pipo dros ochr y clawdd agosaf. Yna, dechreuodd llais Hartley-Smythe atseinio dros y lle.

'*Jones! Where have you been? Get some food and sit down there immediately!*'

Aeth Owain i gasglu plât o'r cwpwrdd gerllaw a rhuthro at y stof. Roedd bechgyn y cartre ar un bwrdd, ac ar y bwrdd arall – yn edrych yn go amheus arnyn nhw – roedd criw o ferched a bechgyn dieithr. Cyn i Hartley-Smythe gael cyfle i arthio arno eto am fod mor araf, cododd gwraig arall o ben y bwrdd – un fer, fochgoch, ffedog am ei chanol, a'i gwallt wedi britho. Cyn i Owain fedru dweud gair estynnodd hi law fechan am ei blât, ac arwain Owain tuag at y stof.

'*This way, this way. Soon have you fed. Jones, are you? Welsh name, Jones. What's your first name then?*'

'Owain.'

'Owain Jones? Weeel, Cymro wyt ti, felly!' Glaniodd y sosej fwya welodd Owain erioed ar ei blât.

'Braf cwrdd â ti, Owain.' Sosej arall.

'Anna ydw i, gwraig Rhys.' Sosej arall.

'Un o ble wyt ti?' Dau wy.

'Pwy oedd dy fam? Un o ble ydy hi?' Pedair sleisen o facwn. Yna gwthiodd hi'r plât tuag at Owain â gwên lydan ar ei hwyneb, yn disgwyl atebion i'w holl gwestiynau.

'Yyyym. Ie. Sa i'n siŵr.' Gwenodd yn wan. 'Sori.'

'Sori wir! Stedda' fan hyn a byta. Ma' bwrdd

dy griw di'n llawn, ond ma' 'na le ar fwrdd criw Caerdydd.'

Eisteddodd Owain wrth y bwrdd gyferbyn â bachgen oedd â'r gwallt cochaf a welodd erioed. Edrychai fel petai ei ben ar dân. Gwenodd ar Owain, ac er ei fod newydd roi sosej gyfan yn ei geg, dywedodd:

'Shrmmdmrwwwdi, bmmrroi? Nggeth wdw mmfi.'

Edrychodd Owain yn syn arno. Teimlodd bwniad yn ei ochr.

'Helô. Beth ddywedodd e oedd, "Shwmai, boi? Geth ydw i." Er, byse Geth y mochyn yn well enw arno fe. Marian ydw i. Pwy wyt ti?'

Erbyn hyn, roedd Owain wedi stwffio hanner sosej, bacwn a melyn wy i'w geg. Doedd e ddim yn disgwyl cwestiwn, a thriodd ateb yn rhy gyflym.

'Mmgnowaaaingh. He – mnghm – lo.'

Tro Marian oedd edrych yn syn arno fe nawr. Chwarddodd Geth yn uchel, estyn dros y bwrdd, cydio yn llaw Owain a'i hysgwyd yn frwd.

'Grêt byt! Gwd boi! Neis cwrdd â ti. So ti 'di byta leni neu be, byt?! Ha ha! Hei, be ti'n neud da'r Sgowsers 'de?'

Roedd chwerthin Geth yn uchel, ac yn atseinio

dros y gegin. Trwy gornel ei lygaid gallai Owain weld Hartley-Smythe yn gwgu. Ceisiodd beidio â chwerthin, ond methodd.

'Dyna ble dwi'n byw. Gyda'r bechgyn eraill 'na.' Nodiodd Owain ei ben i gyfeiriad ffigur anferth Mouse a oedd yn prysur wthio dwy sosej i mewn i'w geg yntau. Ar y ddwy ochr iddo roedd Kieran a Jase, sef ei ddau ffrind gorau, yn edrych i gyfeiriad Owain a Geth ac yn sibrwd y tu ôl i'w dwylo.

'Bois iawn?' gofynnodd Geth.

'Unwaith maen nhw wedi stwffio dy ben di i lawr y tŷ bach unwaith neu ddwy, nhw yw dy ffrindie gore di!' atebodd Owain â hanner gwên, hanner gwg ar ei wyneb.

Chwarddodd Geth yn uchel eto. Daeth rhyw sŵn 'twt twt' o gyfeiriad Hartley-Smythe.

'Druan â ti, byt! Paid becso. Sdica di 'da ni yr wythnos 'ma, a gewn ni dipyn o sbort!'

Gwenodd Owain arno.

*   *   *

Ymhen hanner awr roedd y plant i gyd yn sefyll ar fuarth y fferm. Yng ngolau dydd, gallai Owain weld yn glir yr holl adeiladau a'r tir o'u hamgylch. Gallai weld talcen cam y tŷ fferm, a'r stafelloedd llofft a oedd yn edrych fel petaen nhw ar fin cwympo. Roedd y trawstiau o dan y to, ac o dan y ffenestri, yr un mor gam, ac roedd mwg yn codi o'r ddwy simnai gadarn. Swatiai'r fferm yng nghesail bryn uchel. O'i hamgylch roedd y tir yn codi'n serth y tu ôl i'r buarth, a gallai Owain weld waliau cerrig yn ymestyn tuag at y gorwel. Yn y cae agosaf roedd haid o wartheg yn pori'n swnllyd, a tharth yn codi dros eu pennau. Ar y llethrau uwch roedd smotiau gwyn, gwlanog, yn symud yn araf ar eu traws.

Islaw'r fferm roedd y llethr yn esmwythach, y borfa'n wyrddach a'r caeau'n lletach, gyda chnydau tal o wair a llafur ac ambell goedlan fechan wedi'u gwasgaru dros y lle. Er na allai ei gweld, gallai Owain glywed sŵn dŵr yr afon yn llifo islaw yn rhywle. Dilynodd â'i lygaid y llinell o goed oedd yn igam-ogamu ar hyd llawr y dyffryn. Dilynodd y llinell honno mor bell â phosib tua'r gorwel, cyn i'r tirlun droi'n niwlog a diflannu i'r cymylau.

Dechreuodd ceiliog glochdar ar do cwt yr ieir, ac erbyn hyn roedd y cŵn yn y sièd agosaf, yn strancio y tu ôl i giât, wedi'u cyffroi wrth weld cymaint o bobl o gwmpas y lle. Roedd criw

Caerdydd yn sefyll ar un ochr i'r buarth a chriw Glannau Mersi, yn cynnwys Owain y tro hwn, yn sefyll ar yr ochr arall. Erbyn hyn, roedd Owain wedi sylwi ar yr oedolyn oedd gyda chriw Caerdydd. Gwisgai gôt goch, liwgar a het wlân werdd â bòbl yn chwifio'n ôl a 'mlaen yn y gwynt ar ei phen. Gwisgai bâr hen iawn, iawn, o sgidiau cerdded am ei draed; roedd y lasys heb eu clymu ac yn llusgo ar y llawr. Edrychai'n anhrefnus iawn o'i gymharu â Hartley-Smythe yn ei hesgidiau newydd sbon, ei throwsus, ei siwmper a'i siaced gerdded ddrud.

Gwgu ar ei gilydd roedd y rhan fwyaf o fechgyn y cartre a phlant Caerdydd, er i Owain a Geth lwyddo i wenu ar ei gilydd. Roedd Geth yn tynnu stumiau y tu ôl i'w athro, gan wneud hwyl am ben ei fwstas tra oedd Marian yn ei bwnio yn ei ochr er mwyn ceisio'i stopio. Lledodd y wên ar wyneb Owain wrth wylio'r ddau. Awgrymai'r olwg ar wyneb Hartley-Smythe ei bod hithau wedi sylwi ar stranciau Geth. Yn sicr, doedd hi ddim yn edrych yn hapus. Roedd yn gwbl amlwg bod ymddygiad Geth, a'r cyfuniad o arogl moch a'r domen dail y tu ôl i'r sièd, yn ormod i'w thrwyn sensitif. Gwenodd Owain yn fwy llydan fyth.

Safai Rhys rhwng y ddau grŵp, yn gwisgo'i gôt drwchus. Edrychai fel petai blynyddoedd o lwch a mwd a glaw a gwynt wedi newid ei lliw o fod yn werdd i fod yn rhyw las-ddu tywyll. Roedd pâr o welis am ei draed a darn o beipen blastig denau yn ei law.

'Reit 'de, croeso i chi.' Synhwyrodd Owain Hartley-Smythe wrth ei ochr yn twt twtio. '*Welcome*. Heddiw mi fyddwn ni'n mynd am dro i fyny'r mynydd i chi gael dod yn gyfarwydd â thirlun Fferm yr Hafod.' Trodd ei ben i gyfeiriad criw Glannau Mersi. '*Today we will be going for a walk up the mountain so that you can get to know the landscape around Fferm yr Hafod.* Dilynwch fi, peidiwch crwydro oddi ar y llwybrau, a gwyliwch y cŵn – maen nhw braidd yn wyllt. *Follow me, don't wander from the path, and be careful with the dogs – they bite.*'

Aeth at y giât lle'r oedd y cŵn, a'i hagor. Rhuthrodd y cŵn defaid allan a dechrau neidio o gwmpas y plant gan gyfarth yn chwareus.

'Bant â ni!' Ar hynny, dechreuodd Rhys gerdded yn gyflym iawn – yn llawer cyflymach nag y byddai Owain wedi'i ddisgwyl.

'Dewch blant,' clywodd Owain yr athro anhrefnus yn gweiddi, 'am y cynta i'r mynydd!'

Rhuthrodd ymlaen heb glymu'i lasys, hanner baglu dros un ohonyn nhw, a llwyddo i ddal ei afael mewn postyn ffens eiliadau cyn iddo ddisgyn ar ei ben i lwmpyn o dail. Edrychodd Owain a Geth ar ei gilydd a gwenu. Clywodd *'dear me'* o gyfeiriad Hartley Smythe. *'Come on, single file please. Let's go.'*

Dilynodd Owain, Mouse a Jase Hartley-Smythe drwy'r bwlch a oedd yn arwain at gaeau'r mynydd. Roedd criw Caerdydd, yn dilyn arweiniad brwd eu hathro, yn rhuthro i drio dilyn Rhys a'r cŵn wrth iddynt frasgamu lan y llethr. Roedd criw Glannau Mersi'n ceisio dilyn hefyd, ac Owain eisoes wedi pasio Mouse – roedd hwnnw'n anadlu'n drwm ac yn dal ei ochr. Roedd Jase rhywfaint o'i flaen o hyd, ond roedd hwnnw hefyd yn dechrau gwegian. Roedd coesau hirion Hartley-Smythe yn ddigon abl i ddal lan 'da chriw Caerdydd, ond roedd hi'n arafu wrth geisio osgoi sefyll mewn tail gwartheg a phyllau dŵr. O fewn munudau, roedd Owain wedi dal i fyny ag aelodau olaf criw Caerdydd, a gallai weld pen fflamgoch Geth a chyrls du Marian ychydig gamau o'i flaen.

'Helô,' meddai wrth iddo gyrraedd ochr Geth.

'Ows 'chan, shwd wyt ti, byt? Ti'n fwy ffit na dy fêts!'

'Dyw hynna ddim yn anodd iawn, na'di!'

Chwarddodd Geth yn uchel eto. 'O ble ti'n dod 'de, Ows? Cyn Lerpwl, tmo?'

'Sai'n siŵr, Geth. Sdim cof 'da fi ble o'n i'n byw cynt, os o'n i'n byw yn unrhyw le. Y cof cynta 'sda fi yw'r cartre 'ma yn Lerpwl.' Ceisiai wneud i'w lais swnio'n ysgafn.

'O, sori, byt.' Dyma'r tro cyntaf i Geth edrych yn anghyfforddus ers i Owain ei gyfarfod. 'Be am dy rieni di, 'te?' Roedd llais Geth mor dawel nes i Owain gael trafferth i'w glywed.

'Dim syniad. Bob tro dwi'n gofyn i Hartley-Smythe . . .'

'Pwy?!'

'Hartley-Smythe – honna sy'n dawnsio yn ei sgidie posh y tu ôl i ni. Bob tro dwi'n gofyn iddi ma' hi'n gwrthod ateb, ac yn dweud wrtha i am beidio bod mor bowld ac anniolchgar.'

'Wel, dyw hynna ddim yn deg o gwbwl!' meddai llais Marian o'r tu draw i Geth.

'Be amdanoch chi'ch dau?' holodd Owain gan geisio newid y pwnc. Doedd e ddim yn hoffi siarad am ei rieni. Wel, fel arfer, meddyliodd, nid siarad oedd e, ond ateb cwestiynau cas Mouse a'i fêts. Hyd yn oed yng nghwmni Geth a Marian, doedd e ddim yn hoffi cael ei atgoffa nad oedd ganddo rieni na chartref go iawn. Roedd yn braf jest cael siarad, meddyliodd.

Dechreuodd Marian siarad yn gyflym. 'Ma' Mam yn gyfreithwraig yng Nghaerdydd a Dad yn ddoctor. Ni'n byw yn Radur. Ma' ci 'da ni o'r enw Bonso, pysgodyn aur o'r enw Jac, cath o'r enw Fflopsi . . .'

'A bydji o'r enw Bob,' ychwanegodd Geth gan rolio'i lygaid. 'Ges i *life-history* hon ar y ffordd lan! Tair awr ar y bws.' Winciodd ar Owain. 'Ma' hi'n mynd i Ysgol y Felin, ac am fynd i Ysgol Pwll y Gaseg flwyddyn nesa. Ei hoff liw yw coch a'i hoff aelod o Hwyl!, pwy bynnag ydyn nhw, yw Siôn.'

Roedd hyd yn oed Marian yn ceisio stopio'i hun rhag chwerthin nawr.

Chwarddodd Owain hefyd. 'Be amdanat ti, Geth?' gofynnodd.

'Ganwyd: ysbyty Caerdydd. Magwyd: Cwm-nant-ddu-y-glo. Tri brawd hŷn. Dad yn glanhau yn yr hen waith glo, Mam yn glanhau ym mhobman arall! Hefyd yn mynd i ysgol Pwll y Gaseg y flwyddyn nesa . . .' eglurodd, gan esgus bod yn flin.

'Cŵl!' Roedd Owain wrth ei fodd yn clywed am bobl eraill. Dechreuodd feddwl beth fyddai'n digwydd ar ôl i'r wythnos hon ddod i ben. Tybed a fyddai Hartley-Smythe yn gadael iddo sgwennu at Marian a Geth pan fydden nhw 'nôl yn y De ac yntau ar Lannau Mersi? Go brin, meddyliodd. Torrodd llais Geth ar draws ei feddyliau.

'Hei! Dwi'n gwybod bod y boi Rhys 'ma'n edrych yn cŵl, ond pa mor bell sy'n rhaid i ni gerdded, gwedwch? Bach yn ddiflas, 'yn dyw e? Se fe'n siarad, se hynna'n rhywbeth. Beth am fynd i weld be ffindiwn ni ar ein penne'n hunen?'

'Na, Gethin! Wedodd Rhys wrthon ni am 'i ddilyn e ac i beidio â chrwydro.'

'Do, dwi'n gwybod, ond jiw, fferm yng Nghymru yw hon, nid fferm grocodeils! Be ti'n feddwl alle ddigwydd? 'Drych tu ôl i ni, se neb ddim callach. Ma' pawb wedi blino gormod i sylwi ar unrhyw beth.'

Roedd Geth yn iawn. Roedd Hartley-Smythe, hyd yn oed, wedi rhoi'r gorau i edrych ble oedd ei thraed yn glanio, a doedd dim golwg o Mouse nac unrhywun arall o'i griw. O'u blaenau roedd ambell un o griw Caerdydd yn stryffaglu, ond roedd eu hathro'n brasgamu'n flêr rhyw hanner canllath o'u blaenau nhw.

'Mr ap Rhisiart. 'Na *legend* i ti,' meddai Geth.

'Hmmm,' meddai Marian. Roedd hi fel petai'n ymladd yn erbyn ysfa i ddweud y drefn wrth Geth a chytuno â'r hyn roedd e'n ei ddweud.

'Beth amdani 'de, bois? A merch, sori Maz.'

'Marian.'

'Ie, wel, beth amdani? Tro bach ar ein pennau'n hunen? Allwn ni ddala lan 'da'r gweddill wedyn. Ows, ti 'da fi, byt?'

'Yyymmm.' Doedd Owain ddim wir eisiau gadael y criw, ond roedd e hefyd yn awyddus iawn i ddilyn y ddau yma.

'Paid, Owain, sdim rheswm i dorri'r rheole.'

'Rheole wir, roedden nhw'n swnio'n fwy tebyg i awgrymiade i fi!' Taflodd Geth winc i gyfeiriad Owain. 'Dere, Maz! Ows?'

'Ocê 'de,' meddai Owain, 'ond beth am fynd 'nôl lawr i gyfeiriad y fferm? Allwn ni weld beth sy 'na o gwmpas y buarth, ac o leia wedyn gewn ni lai o stŵr os gewn ni'n dal.'

Edrychodd Geth a Marian arno'n syn, ond am resymau gwahanol. Synnu bod Owain wedi cytuno i dorri'r rheolau oedd Marian, a synnu bod y cynllun yn gwneud cymaint o synnwyr oedd Geth.

'Cynllun gwych, Mr Jones! 'Nôl i'r fferm â ni,

felly. Gawn ni olwg ar yr anifeiliaid a'r tractors a phob math o stwff. Grêt!' Roedd llygaid Geth yn pefrio. 'Ti'n dod, Maz?'

'Marian! O, wel, ie, pam lai? Ma'n rhaid i fi weud, dyw hyn ddim cweit mor ddiddorol ag ro'n i 'di gobitho. Ro'n i'n awyddus i ddysgu am hanes y lle 'ma a'r gwahanol fathe o borfa a choed a brwyn sy 'ma.'

'Ie, a finne 'fyd,' meddai Geth gan rolio'i lygaid ar Owain. 'Reit, welwch chi'r llwyni eithin 'na lan fan'na, ar ben y grib fach? Ar ôl i ni eu pasio, neidiwch y tu ôl iddyn nhw, ac wedyn i'w canol. Allwn ni aros wedyn nes bod pawb arall wedi mynd heibio, a dilyn y llwybr lawr i'r fferm. Ocê?'

'Iawn.'

Dechreuodd calon Owain guro'n galed yn ei frest. Doedd e byth yn mwynhau torri rheolau, ond roedd e'n cael cymaint o hwyl gyda'i ffrindiau newydd.

'Neidiwch . . . nawr!' Tynnodd Geth Owain gerfydd coler ei grys i gyfeiriad y llwyn, cyn neidio i'w ganol. Roedd yn gafael yn llaw Marian hefyd.

'Awtsh, Geth! Ti'n rhoi loes i fi!'

'Hisht wir, Maz!'

5

Tri yn Unig

Wrth iddo edrych 'nôl at y llwybr, ceisiodd Owain anwybyddu'r eithin oedd yn pigo'i gefn, ei goesau a'i freichiau. O fewn eiliadau, gwelodd Hartley-Smythe a rhai o'r bechgyn yn mynd heibio. Roedd ei hesgidiau newydd sbon bellach yn go fudr, a mwd wedi tasgu dros ei phengliniau. Roedd hi allan o wynt, ond yn dal i lwyddo i gwyno rhwng pob anadl.

'*Don't know . . . why . . . booked . . . crazy Welsh farmer . . . sheep . . . mud . . . refund.*'

Stwffiodd Owain ei law i'w geg i rwystro'i hun rhag chwerthin. Methodd weld coesau enfawr Mouse yn pasio, na chwaith sanau pêl-droed Jase. Mae'n rhaid eu bod nhw wedi mynd heibio heb i mi sylwi, meddyliodd. Synhwyrodd fod Marian yn symud a Geth yn hisian 'Aros.' Gwelodd Owain un pâr arall o goesau'n stryffaglu yn eu blaenau i fyny'r llethr. Arhosodd Geth am ddwy funud eto. 'Iawn, dewch!' sibrydodd.

Gyda sawl 'awtsh' ac 'www' wrth i'r eithin

grafu drwy eu dillad, stryffaglodd y tri allan o'r llwyni. 'Iawn, dewch!' meddai Geth. 'Gewn ni hwyl nawr, gewch chi weld!'

Cychwynnodd y tri gyda'i gilydd yn ôl i lawr ar hyd y llwybr. Roedd y gefnen fach, lle'r oedd yr eithin, yn cuddio'r tri o olwg unrhywun a fyddai'n debygol o edrych yn ôl i lawr arnyn nhw. Ar ôl croesi'r gefnen, eisteddodd y tri i lawr i ymlacio am eiliad a mwynhau'r olygfa. Roedd Owain wedi synnu at ba mor uchel roedden nhw wedi dringo. Doedd y fferm ddim yn y golwg bellach, ond gwelai Owain fwg y simneiau'n codi ac yn gwasgaru ar draws y cwm, a'r llinell o goed o gwmpas yr afon fel darn bach o gortyn ar waelod y dyffryn. Roedd gwres tanbaid yr haul wedi chwalu niwl y bore, a'r caeau a'r cymoedd gwyrddion i'w gweld yn ymestyn fel gorchudd esmwyth dros y tir. Ar y gorwel roedd y gwyrddni'n tywyllu a'r tir yn codi, ac roedd Owain yn siŵr ei fod yn gallu gweld yr haul yn disgleirio oddi ar eira ar y gorwel pellaf.

'Waw!' ebychodd yn dawel.

'Waw yn wir, Mr Jones!' meddai Geth. 'Gwell na Chwm-nant-ddu-y-glo, eniwe! A Radur, weden i! Be ti'n weud, Maz?'

'Mae'n hyfryd. Dewch, ewn ni lawr i'r fferm.'

Roedd hi dipyn yn haws cerdded am i lawr, a chyn bo hir roedd y tri'n gorfod atal eu hunain rhag rhedeg. Wrth rowndio derwen fawr ar ganol y llwybr, gan chwerthin ar un arall o jôcs Geth, stopiodd Owain yn ei unfan. Yno, yng nghysgod craig, roedd Mouse, Kieran a Jase yn eistedd a'u cefnau'n erbyn y graig, yn smocio.

'Tu ôl i'r goeden! Glou!' Gafaelodd Owain yn Geth a Marian a'u tynnu y tu ôl i foncyff enfawr y dderwen.

Allai Owain ddim credu bod y tri yna'n mynd i ddifetha gweddill y diwrnod. Sut yn y byd y llwyddon nhw i sleifio i ffwrdd hefyd, holodd ei hun.

'Be newn ni, bois?' holodd Geth gan wenu. Doedd e ddim yn edrych fel petai'n poeni o gwbwl. Roedd Marian, ar y llaw arall, yn edrych fel petai hi'n difaru gadael Radur. 'Be neith y tri 'co os gwelan nhw ni?' holodd Geth eto.

Meddyliodd Owain am ychydig. Pe bai e ar ei ben ei hun, gwyddai'n iawn beth fydden nhw'n ei wneud – byddai Jase a Kieran yn dal Owain wrth i Mouse roi *wedgee* iddo. Ond doedd e ddim mor siŵr nawr, â Geth a Marian yn gwmni iddo. Byddai maint Geth (a'i wallt fflamgoch) yn siŵr o wneud iddyn nhw feddwl ddwywaith.

'Dweud wrth Hartley-Smythe ar unwaith,' atebodd Owain, 'a dwi'n siŵr y bydden nhw'n trio gwneud niwsans ohonyn nhw'u hunen hefyd.'

'Be am ddilyn llwybr gwahanol 'nôl i'r fferm?' mentrodd Marian.

'Jîniys, Ms Gruffydd,' meddai Geth yn ddireidus. 'Be ti'n weud, Ows?'

'Sdim lot o ddewis 'da ni, o's e? Ond wedodd Rhys wrthan ni am gadw at y llwybrau, yn do?'

'Do, fi'n gwbod, ond dim ond lawr fan'na ma'r fferm. Felly 'na i gyd sy raid i ni neud yw dilyn y llwybr 'ma am dipyn, yna croesi 'nôl i'r llwybr iawn unwaith ma'r rhein o'r golwg.'

Edrychodd Owain tua'r dde, i ffwrdd o gyfeiriad y llwybr lle'r oedd y bechgyn eraill. Gallai weld fod llwybr arall yn arwain i lawr llethr gerllaw, ac o fewn ychydig fetrau roedd yn dilyn ochr wal gerrig digon uchel i guddio'r tri ohonyn nhw.

'Iawn, ond bydd raid i ni redeg er mwyn cyrraedd y wal gerrig cyn i'r lleill ein gweld ni, yn bydd?'

'Bydd. Gad hynny i fi. Byddwch yn barod.'

Cydiodd Geth mewn carreg, edrych ar y ddau

arall i wneud yn siŵr eu bod nhw'n barod, ac yna taflu'r garreg yn ôl ar hyd y llwybr oedd yn arwain i'r mynydd. Gwyliodd Owain wrth i Mouse, Jase a Kieran edrych yn gyflym i fyny'r llwybr, a theimlodd Geth yn rhoi hergwd iddo yn ei gefn. Dechreuodd redeg. Cyrhaeddodd y tri y wal mewn ychydig eiliadau.

'Reit, bant â ni 'to 'de!'

Cerddodd y tri yn fwy hamddenol yng nghysgod y wal.

'Be chi'n feddwl sy 'da nhw ar y fferm 'de, bois? A merch, sori Maz.'

'Marian! Dwi isie gweld y moch bach, ac edrych pa beirianne sy 'da nhw. A dwi isie bwyd 'fyd, a gweud y gwir.'

'A fi!' meddai Geth. 'Allen i fyta ceffyl!'

'Fytest ti fochyn cyfan i frecwast, y bolgi!' dwrdiodd Marian.

'Do'dd hynny'n ddim byd, 'chan. Ni 'di bod yn cerdded ers orie!'

Ddywedodd Owain 'run gair. Roedd y brecwast bore 'ma fel gwledd iddo fe, ac roedd ei fol yn dal yn llawn.

Erbyn hyn, roedd y llwybr yn dechrau arwain i lawr i'r dde, tuag at gwm coediog, a gallai Owain weld ambell ffermdy arall yn y pellter.

'Dwi'n credu y byse'n well i ni droi 'nôl am y ffermdy nawr,' awgrymodd Marian. 'Dwi ddim isie mynd i mewn i'r coed 'na. Geth, ti yw'r tala'. Edrycha dros y wal i weld os oes llwybr ffor' 'na.'

Roedd y wal yn reit uchel, ac roedd yn rhaid i Geth neidio yn yr unfan i weld unrhyw beth drosti. 'Nag o's Maz, ma' gormod o ddrain 'na. Trwchus 'fyd, o be wela i. Bydd raid i ni gario 'mlaen nes cyrraedd gwaelod y cwm a gwitho'n ffordd 'nôl lan neu rywbeth.'

'Iawn. Dewch 'te.'

A cherddodd y tri 'mlaen yn gyflym, gan siarad pymtheg i'r dwsin.

6

Rhedwch!

Erbyn iddyn nhw gyrraedd gwaelod y dyffryn, roedd y tir yn gwbwl wastad a'r cloddiau trwchus yn rhedeg yn syth o'u blaenau.

'Os dilynwn ni'r clawdd 'ma'n ddigon hir, fe ddewn ni at hewl, ac wedyn allwn ni ffindo'n ffordd 'nôl i Lanllystywyll. Dwi'n cofio'r ffordd o fan'na,' meddai Marian yn hyderus, gan bwyntio i'r chwith.

'Shwd yn byd wyt ti'n cofio'r ffordd? Ro'dd hi'n dywyll pan gyrhaeddon ni 'ma, 'chan!' meddai Geth.

'Do'n *i* ddim yn rhochian cysgu fel *rhai* pobol, Geth!'

'Sdim isie bod fel 'na, 'chan, o'n i 'di blino.'

'Paid ti . . .'

'Arhoswch nawr, y ddau ohonoch chi, sdim isie dadle.'

'HEI!' Daeth gwaedd sydyn o gyfeiriad y bwlch ar ochr arall y cae. Roedd ffermdy led cae arall i ffwrdd ac yno, yn y bwlch, gallai

Owain weld ffermwr yn sefyll ar olwynion ei feic modur.

'HEI!' gwaeddodd eto.

'Rhedwch!' gwaeddodd Geth, a chyn i Owain gael cyfle i feddwl beth oedd e'n ei wneud, roedd e wrth ochr Geth yn rhedeg nerth ei draed tua'r clawdd nesaf. Clywodd Owain sŵn crac y beic modur yn refio a chi'n cyfarth yn wyllt. Daliodd ati i redeg. Os gallen nhw gyrraedd y clawdd, efallai y bydden nhw'n iawn.

Roedd Geth ychydig gamau o flaen Owain, ac eisoes wedi dringo'r ffens a'r weiren bigog yn y clawdd ac yn cwympo i'r drain ar yr ochr draw. Roedd Marian wrth ei ochr, ac wrth iddi hithau neidio ar y ffens llithrodd 'nôl. Yn lle neidio dros y ffens ei hunan, gafaelodd Owain yn ei siwmper hi a'i gwthio drosodd, tra oedd Geth yn gafael ynddi a'i thynnu i mewn i'r drain. Gyda sŵn y beic modur bellach yn llenwi'i glustiau, neidiodd Owain dros y ffens, gan rwygo'i drowsus ar y weiren bigog, a chwympo i lawr yr ochr arall at y lleill. Erbyn hynny, roedd wyneb du a gwyn enfawr y ci defaid gwyllt yn trio stwffio'i ffordd drwy'r ffens. Dangosai ei ddannedd wrth i'w dafod symud o ochr i ochr. Roedd ei gyfarth yn fyddarol. Cyn i Owain droi ac ymuno â Marian a Geth, gwelodd y ffermwr yn agosáu, a'i lygaid gwyrdd yn fflachio o dan ei gap.

'Glou!' gwaeddodd Geth. 'Ma' bwlch arall lan fan'na. Bydd y mwngrel gwyllt 'na'n cnoi'n coese ni os na symudwn ni!'

Doedd Geth ddim yn edrych yn ofnus, ond doedd e ddim yn chwerthin nawr, chwaith. Edrychai Marian yn fwy fyth fel petai hi'n difaru gadael Radur. Dechreuodd y tri redeg eto, mor gyflym ag y gallen nhw.

'Drwy'r giât – dewch!'

Arweiniodd Geth nhw draw i gornel y cae. Doedd dim golwg o'r ci na'r ffermwr bellach. Ond cyn gynted ag y cyrhaeddon nhw'r giât, suddodd calon Owain. Nid ffordd oedd yno, ond hen reilffordd. Roedd y traciau wedi rhydu ac wedi torri mewn sawl man, a'r drain wedi clymu'n dynn o'u cwmpas. Tyfai porfa hir bob ochr i'r traciau.

'Ocê, be nawr?' holodd Marian.

'Bydd raid i ni ddilyn y trac, yn bydd. Mae'n rhaid ei fod e'n arwain i rywle. I Lanllystywyll, falle,' meddai Owain.

'Welest ti hen orsaf rheilffordd tra oeddet ti ar ddihun neithiwr, Maz?'

'Ha ha, Geth,' chwarddodd Marian yn flin, 'a *paid* â ngalw i'n Maz!'

'Bant â ni 'de, Ows,' meddai Geth gan wincio. Roedd y wên lydan yn ôl ar ei wyneb unwaith eto.

Trodd y tri a dechrau cerdded. Roedd y traciau fel pe baen nhw'n arwain at ganol y dyffryn, i gyfeiriad y llinell gul o goed ar lan yr afon. Ond cyn iddyn nhw allu cerdded mwy na thri cham, digwyddodd rhywbeth rhyfedd. Daeth cyfarthiad chwyrn o'r tu ôl iddyn nhw. Wrth iddynt droi, gwelodd y tri y ci defaid mawr du a gwyn yn neidio dros y clawdd ac yn gwibio tuag atyn nhw. Heb ddweud 'run gair, trodd y tri a rhedeg.

Unwaith eto, teimlai Owain y gwynt yn ei glustiau a'r ofn yn chwyddo yn ei frest. Roedd yn anodd iawn rhedeg ar y trac gan osgoi'r drain a'r darnau o fetel. Roedden nhw'n agosáu at y coed erbyn hyn, a gallai glywed sŵn dŵr yn rhuo mewn ceunant gerllaw. Allai Owain ddim dychmygu beth fyddai'n aros amdanyn nhw rownd y gornel nesa, ond tybiai y byddai unrhyw beth yn well na'r hyn oedd yn rhedeg ffŵl pelt tuag atyn nhw o'r tu ôl, felly daliodd ati i redeg. Gallai glywed y ci'n sgyrnygu, a Marian yn cwyno ei bod wedi blino. Yn sydyn, cyrhaeddodd y tri y goedwig a bu'n rhaid iddyn nhw stopio gan fod y lle mor dywyll ar ôl bod yn yr heulwen llachar.

'Dewch, peidiwch â stopo!' gwaeddodd Geth.

'Ble ydyn ni'n mynd?' gwaeddodd Marian.

Roedd y trac oedd yn arwain dros hen bont reilffordd wedi gweld dyddiau gwell. Roedd nifer o'r styllod pren wedi pydru a'r metel wedi rhydu. O dan y bont, roedd y dŵr yn taranu drwy'r ceunant. Petaen nhw'n aros, byddai ci enfawr du a gwyn yn eu llarpio nhw. Petaen nhw'n rhedeg dros y bont, efallai y bydden nhw'n cwympo i mewn i'r afon a chael eu curo'n ddidostur yn erbyn y creigiau. Doedd Owain ddim yn meddwl rhyw lawer o'r dewis. Roedd y gwyliau wedi cymryd tro pedol digon brawychus, ac erbyn hyn roedd e'n difaru gadael gweddill y grŵp. Am eiliad fer iawn, roedd yn hiraethu am Hartley-Smythe . . .

Doedd dim amdani ond rhedeg. Roedd meddwl am ddannedd miniog y ci yn brathu'i goes yn fwy na digon o sbardun.

'Dewch gyda fi!' meddai Owain. 'Cadwch at yr ochr, a chamu ar y metel a'r pren – bydd y bont yn gryfach fan'na. Paid â phoeni, Marian, bydd popeth yn iawn,' ychwanegodd Owain wrth weld yr ofn ar ei hwyneb. Gobeithiai ei fod yn dweud y gwir.

Clywodd y tri sŵn y brigau'n torri ar lawr y goedwig wrth i bawennau'r ci sgubo drostyn nhw. Roedd hynny'n ddigon. Aeth Owain yn gyntaf, gan osod ei droed dde ar y metel a'i droed chwith ar ochr un o'r styllod pren. Rhedodd mor gyflym ag y gallai, gan drio peidio ag edrych i lawr. Gallai glywed Marian y tu ôl iddo, yn gweiddi 'O na o na o na o na o na o na,' a Geth y tu ôl iddi hi wedyn yn gweiddi 'Aaaaaaaaaaaaaaaaaaaa!'

Roedd ambell styllen ar goll, ac roedd yn rhaid neidio dros y bwlch. Cyrhaeddodd Owain yr ochr draw'n ddiogel a throi 'nôl yn syth i weld ble'r oedd y ddau arall. Cyrhaeddodd Marian yn dynn ar ei sodlau. Gafaelodd Owain ynddi a'i thynnu tuag ato. Dim ond Geth oedd ar ôl bellach, a'r ci'n ei ddilyn gan neidio o styllen i styllen gan ysgyrnygu'i ddannedd.

'Dere, Geth!' gwaeddodd Owain.

Edrychodd Geth i fyny er mwyn gweld pa mor agos oedd e at y lan. Wrth iddo roi ei droed ar y darn olaf o bren a pharatoi i neidio i'r lan, clywodd y tri sŵn hollti erchyll. Daeth golwg o arswyd pur i wyneb Geth, a suddodd ei gorff ar un ochr. Neidiodd Owain yn ei flaen a chydio yn ei law. Cydiodd Marian yng nghefn ei siaced yntau. Roedd cyhyrau breichiau Owain yn llosgi a'u ysgwyddau'n teimlo fel petaen nhw bron â dod o'u gwraidd. Gyda'i law rydd, cydiodd Geth mewn gwreiddyn o dan draed Owain a stryffaglu'i ffòrdd i fyny i'r lan. O'r diwedd, teimlodd Owain y pwysau ar ei ysgwyddau'n ysgafnhau a chwympodd yn ôl yn erbyn Marian.

'Ffiw, diolch,' ebychodd Geth.

Ond ddywedodd Owain 'run gair. Roedd ei lygaid yn canolbwyntio ar y ci, a oedd bellach bron â chyrraedd pen draw'r bont. Roedd e'n ddigon agos nawr i Owain allu gweld yr olwg wyllt yn ei lygaid, a'r poer o gwmpas ei ddannedd. Stryffaglodd y tri am yn ôl, a chwys ofn yn llifo dros eu hwynebau. Gydag un llam fawr, neidiodd y ci yn uchel i'r awyr tuag atyn nhw . . .

7

Glaw Rhy Dawel

Wrth gwympo 'nôl, gallai Owain deimlo dŵr oer yn llifo dros ei wyneb. Teimlai awel oer yn chwythu drosto hefyd ac roedd sŵn rhuthr mawr yn ei glustiau. Gallai glywed Geth yn gweiddi, 'Beth yn y byd?!' a sŵn y ci'n sgyrnygu. Teimlai ei anadl poeth ar ei wyneb. Aeth y byd i gyd yn dywyll.

*   *   *

Pan ddeffrodd Owain yn ddiweddarach, doedd dim syniad ganddo ble'r oedd e. Roedd ei gefn yn wlyb domen a'i goesau'n brifo. Symudai rhywbeth gwlyb, garw a chynnes dros ei wyneb, a chododd ei law i'w rwystro. Teimlai'n feddal, fel ffwr. Cofiodd yn sydyn am y ci arswydus. Agorodd ei lygaid a chodi ar ei eistedd, ond diflannodd ei ofn ar unwaith. Er bod y ci'n sefyll o'i flaen, roedd fel pe bai'n gwenu a'i gynffon yn chwifio o un ochr i'r llall. Llyfodd wyneb Owain yn addfwyn o'i ên hyd at ei dalcen.

'Iyyyych!'

Clywodd Owain chwerthiniad cyfarwydd wrth ei ochr. Roedd Geth yn eistedd a'i gefn yn pwyso yn erbyn derwen fawr, ac yn ei ddyblau'n chwerthin. Gerllaw iddo roedd Marian yn gwenu hefyd, er ei bod yn edrych braidd yn bryderus ar yr un pryd.

'Alli di fy helpu i plîs, Geth?' gofynnodd Owain.

'Â chroeso, byt. Dere 'ma, boi,' chwibanodd Geth a chlicio'i fysedd. Cododd y ci ar unwaith a rhuthro draw ato. Gorweddodd i lawr a gadael i Geth roi mwythau iddo.

'Diolch,' meddai Owain. Teimlai embaras mawr o fod ar ei gefn mewn pwdel o ddŵr.

'Croeso, Ows,' atebodd Geth, 'y lleia allen i neud ar ôl be 'nest ti i fi. Do'n i ddim yn ffansi mynd i nofio heddi, am ryw reswm.'

'Beth amdana i, Geth?' gofynnodd Marian. 'Heblaw mod i wedi dala'n sownd yn siaced Ows, mi faset ti 'di mynd!'

'Diolch i tithe 'fyd, Maz! Reit, be sy 'di digwydd?'

'Be ti'n feddwl?' gofynnodd Ows.

'Ti heb sylwi? Ma' hi 'di nosi. Ti ddim 'di bod mas ohoni am ddiwrnod cyfan, Ows! Ac ma'r bont 'di diflannu!'

'Be?' Trodd Owain o gwmpas mor gyflym nes bu bron iddo gwympo eto. Roedd Geth yn iawn – roedd y bont reilffordd wedi diflannu'n llwyr. Doedd dim golwg fod pont wedi bod yno erioed, ac roedd tipyn llai o ddŵr yn yr afon hefyd.

'Beth yn y byd . . ?' Allai Owain ddim credu'r peth. Gwthiodd ei wallt o'i lygaid a throi 'nôl at Geth a Marian. 'I ble aeth hi?'

'Dim clem, byt. O, ac ma' hi'n glawio 'fyd. Dwi'n gwbod bod tywydd Cymru'n rhyfedd, ond dyw e ddim yn newid mor glou â 'ny. Ro'n i'n poeni am losgi yn yr haul 'na gynne.'

Doedd yr un o'r ddau'n edrych fel petaen nhw'n cael hwyl am ei ben. Dechreuodd gwahanol bosibiliadau ruthro trwy feddwl Owain. Allai'r bont fod wedi cael ei sgubo i ffwrdd? Oedd e'n dal i freuddwydio? Oedd e wedi taro'i ben yn erbyn carreg, a hynny wedi effeithio arno?

Dechreuodd Marian siarad eto, mewn llais cadarn. 'Fechgyn. Dwi ddim isie bod allan yng nghanol nunlle ar ôl iddi nosi. Allwn ni frysio i drio ffeindio'r ffermdy, plîs?'

'Ond beth am y bont?' holodd Owain.

'Sa i'n siŵr am y bont. Gewn ni weld. Y cyfan dwi'n poeni amdano yw cyrraedd 'nôl i'r fferm. Rhaid ei bod hi lan y ffordd yma'n rhywle.'

Edrychodd Owain ar Geth. Roedd yr olwg ar wyneb hwnnw'n dweud rhywbeth tebyg i 'Sdim pwynt dadle 'da hi', a chododd ar ei draed. Neidiodd y ci i fyny hefyd, ei gynffon yn chwifio'n llawn cyffro.

'Mae'n edrych yn debyg bod hwn yn dod 'da ni!' meddai Owain.

Roedd llethr serth yn eu hwynebu, ond roedd rhyw fath o lwybr tebyg i lwybr cadno neu fochyn daear yn arwain i fyny.

Roedd meddwl Owain dros y lle i gyd. 'Beth yn y byd sy'n digwydd Geth?' holodd mewn penbleth.

'Sa i'n siŵr, boi!' Er bod ei ffrind yn dal i wenu, roedd golwg ansicr arno yntau.

'Feddylies i 'rioed y bydden i'n gweud hyn, Ows, ond ma' Maz yn iawn. Mae'n rhaid i ni gyrraedd nôl i'r fferm gynta. Falle gallwn ni weithio mas wedyn beth yn y byd sy wedi digwydd.'

'Ie, ocê. Chi sy'n iawn, siŵr o fod,' meddai Ows.

Dechreuodd y tri ddringo'r llethr. Ond roedd

rhywbeth arall yn poeni Owain am fod yr ochr yma i'r bont, a cheisiodd feddwl beth yn union oedd o'i le. Mae'n rhaid bod Marian wedi gweld yr olwg ryfedd ar ei wyneb, oherwydd dyma hi'n gofyn, 'Ti'n trio gweithio mas beth sy'n bod?'

'Ar wahân i'r bont, y tywydd *a'r* amser, ti'n feddwl?'

'Ie. Mae'n rhy dawel 'ma.'

'Be ti'n feddwl?' gofynnodd Geth. 'Ro'dd hi'n dawel fel y bedd ar ochr arall y bont 'fyd.'

'Nac o'dd . . . ddim mor dawel â hyn. Meddylia di. Ti wastad yn gallu clywed sŵn ceir yn gyrru ar y ffordd, ambell awyren yn hedfan heibio, cŵn yn cyfarth, defaid yn brefu. Sdim smic i'w glywed fan hyn.'

Y mwyaf i gyd roedd Owain yn gwrando, y mwyaf roedd e'n cytuno â Marian. Ond ddywedodd e 'run gair, rhag ofn iddo achosi mwy o ddadlau. Roedd sŵn eu traed a sŵn eu hanadl yn swnio gymaint yn uwch nag arfer, rhywsut. Dechreuodd y tri ddringo'r llethr.

O'r diwedd, daeth Owain, Geth a Marian o hyd i ffordd allan o'r goedwig. Roedd y tir yn dal i godi'n serth o'u blaenau ac roedd hi'n dal i fwrw glaw mân. Heb gysgod y coed uwch eu pennau, roedd y tri'n wlyb domen mewn dim o dro. Roedden nhw'n dal i bendroni ynglŷn â sut y newidiodd pethau mor gyflym. Mae'n rhaid bod y tywydd wedi newid tra o'n i'n cysgu, meddyliodd Owain. Ond doedd hynny ddim yn esbonio'r tawelwch llethol o'u cwmpas, chwaith.

Roedd pob math o bethau'n mynd trwy feddwl Geth hefyd. Yn gyntaf, teimlai braidd yn euog oherwydd mai ei syniad e oedd mynd am dro ar eu pennau'u hunain. Yn ail, roedd e'n benderfynol o gael Owain a Maz yn ôl i'r fferm yn ddiogel. Yn drydydd, roedd e'n trio gweithio mas beth oedd wedi digwydd iddyn nhw. Doedd e ddim yn poeni am y tawelwch oedd o'i gwmpas. Y cwestiwn pwysig oedd, sut yn y byd wnaeth y tywydd newid mor sydyn? Doedd Geth ddim wedi cwympo a tharo'i ben – gallai gofio popeth oedd wedi digwydd. Ar ôl i Owain a Marian gydio ynddo a'i dynnu i'r lan, roedd e wedi cwympo 'mlaen, ac yn sydyn roedd e'n oer ac yn teimlo'r glaw yn disgyn yn drwm ar ei ben. Nid rhyw newid bach cyffredin yn y tywydd oedd hynny. Roedd y cwestiwn yn troi a throsi yn ei ben.

Roedd Marian hefyd yn poeni, gan ddiawlio Geth yn dawel bach. Nid poeni am y tawelwch llethol, nac am y glaw, ond am gyrraedd 'nôl i'r fferm yn ddiogel. Ond er ei bod hi'n poeni, roedd ei meddwl hi'n gweithio'n brysur. Hi oedd yn arwain y criw erbyn hyn. Roedd y tri wedi penderfynu na fydden nhw'n gallu cael gwared ar y ci, felly roedd yntau bellach yn rhan o'r cwmni. Y gred oedd y gallai ci mawr, ffyrnig yr olwg, fod yn ddefnyddiol iawn! Roedd Marian wedi penderfynu bod angen iddyn nhw fynd i gyfeiriad y gogledd, 'nôl lan y llethr, er mwyn ceisio dod o hyd i'r ffermdy. Roedd golwg mor benderfynol ar ei hwyneb, wnaeth yr un o'r lleill feiddio dadlau â hi, dim ond ei dilyn fel dau oen bach.

'Geth! Owain! Ma' wal fan hyn!' meddai Marian toc. 'Ma' hi'n siŵr o arwain 'nôl i'r fferm!'

'Wwwwwff!' adleisiodd y ci.

'Chi'n gweld, ma' fe'n cytuno 'da fi! Hei, dy'n ni ddim yn gwbod beth yw ei enw fe 'to!' Estynnodd Marian am goler y ci i weld a oedd unrhyw beth arni i ddangos ei enw.

'Oes – ma' disg enw 'ma. Crach!'

'Enw od, glei!' meddai Geth.

'Od neu beidio, mae'n rhaid mai dyna'i enw,' meddai Marian wrth sylwi ar y ffordd roedd y ci'n codi'i glustiau, yn siglo'i gynffon ac yn rhoi

59

rhyw gyfarthiad uchel, cyfeillgar bob tro y clywai'r enw.

'Dere 'mlaen te, Crach, arwain di'r ffordd!' meddai Marian, gan swnio gryn dipyn yn hapusach erbyn hyn.

Safodd Geth ac Owain yn stond am eiliad, gan wylio Marian yn araf ddiflannu i'r niwl a'r glaw mân. Cododd y ddau eu haeliau, a cherdded yn gyflym ar ei hôl. Ond hyd yn oed ar ôl rhyw ddeng munud o gerdded, doedd dim sôn am y fferm o hyd.

'Dwi'n siŵr y byddwn ni 'nôl ar glos y fferm o fewn dim, gewch chi weld! Ma'r wal 'ma'n bownd o orffen yn rhywle a bydd 'na drac fferm i'w ddilyn wedyn,' cynigiodd Marian, gan geisio cysuro pawb.

'Ma' rhywbeth lan o'n blaenau ni nawr,' meddai Owain. Roedd llygaid craff ganddo, a gallai weld bwlch yn y wal gerrig a thrac yn dringo'r llethr.

'Gwych! Wedes i, yn do! Bydd pawb yn falch iawn o'n gweld ni'n cyrraedd 'nôl!' ebychodd Marian.

'Paid â bod mor siŵr,' meddai Owain yn ansicr. Gallai glywed Hartley-Smythe yn rhoi stŵr iddo'n barod.

'Paid â becso, Ows,' meddai Geth, gan synhwyro beth oedd ar feddwl ei ffrind. 'Weda i wrthyn nhw mai fi gafodd y syniad.'

'Ti'n iawn, Gethin. Does gen i ddim clem pam wrandawes i arnat ti yn y lle cynta. Dy fai di yw hyn i gyd!' cytunodd Marian.

'Wnes i ddim dy orfodi di i ddod.'

'Pa ddewis arall oedd gen i?'

'Hisht!'

Trodd y ddau arall at Owain, yn hynod flin ei fod wedi meiddio torri ar draws eu dadl.

Cododd yntau ei fys at ei wefus. 'Beth yw'r sŵn 'na?' Roedd golwg ddifrifol iawn ar ei wyneb.

Ni ddywedodd Marian na Geth air, dim ond edrych o'u cwmpas, gan drio clywed beth oedd wedi tynnu sylw eu ffrind.

'Ows, sa i'n clywed dim byd . . .' dechreuodd Geth. Ond wedyn, stopiodd yn sydyn a throi ar ei sawdl i wynebu trac y fferm.

Badŵm-badŵm-badŵm. Badŵm-badŵm-badŵm. Badŵm-badŵm-badŵm.

Roedd y tri bellach yn clywed rhyw guriadau rhythmig, cyson.

'Mellt a tharane?' awgrymodd Geth.

'Neu dirlithriad,' meddai Marian yn ofnus.

'Glywes i ar y newyddion bod sawl un wedi digwydd 'leni.'

'Sa i'n credu mai 'na beth yw e.'

Badúm-badúm-badúm-badúm. Roedd y sŵn yn cynyddu, fel petai rhywbeth yn dod yn nes atyn nhw. Trodd Owain 'nôl i wynebu'r ffordd y daethon nhw oherwydd bod sŵn tebyg yn agosáu o'r cyfeiriad hwnnw hefyd. Yn sydyn iawn, roedd ofn arno. Wrth edrych ar wynebau Geth a Marian, gallai weld yr un ofn yn eu llygaid hwythau.

Badúm-badúm-badúm.

'Gwrandewch,' meddai Owain, gan siarad yn gyflym nawr. 'Does gen i ddim syniad beth sy'n digwydd, ond dwi ddim yn 'i licio fe. Rhaid i ni guddio yn rhywle.'

Rhuthrodd y tri at y wal gerrig. Roedd Crach yn snwffian o gwmpas eu coesau, fel pe bai e'n gwybod bod rhwbeth o'i le. Roedd wedi codi'i glustiau a gorweddai ei gynffon yn gwbl lonydd. Dechreuodd Geth ddringo'r wal gerrig, cydio yn y top a thynnu ei hun drosti. Neidiodd Marian ar ei ôl, a chydag un gwthiad cryf gan Owain, cwympodd hithau i'r ochr arall gydag 'wmffff' wrth iddi lanio ar ben Geth.

'Dere, Ows!' gwaeddodd yntau.

Badŵm-badŵm-badŵm.

Cydiodd Owain yn Crach a'i wthio'n ddi-seremoni dros y wal. Yna, cydiodd yntau yn nhop y wal a dechrau tynnu'i hunan i fyny. Ond wrth iddo ymestyn a thaflu'i goes drosti, gwelodd fflach o ddu a gwyn yn neidio dros ei ben.

'Crach!'

Yn y cyffro a'r tensiwn, roedd Crach wedi neidio'n ôl dros ei ben, i mewn i'r cae.

Er nad oedd Owain wedi maddau i'r ffermwr blin am eu hel nhw oddi ar ei dir, doedd e ddim am i unrhyw beth ddigwydd i'w gi. Rhedodd nerth ei draed tuag ato, a chan lithro yn y mwd o dan ei draed, cydiodd yn dynn yn Crach a'i lusgo yn gryndod i gyd, i gysgod craig. Ond nid Crach yn unig oedd yn crynu. Roedd hyd yn oed y ddaear ei hun yn ysgwyd.

BADŴM-BADŴM-BADŴM.

Mentrodd Owain edrych i fyny a gwelodd ychydig o wallt coch Geth yn sbecian dros y wal gerrig. Chwifiodd Owain ei freichiau gan drio dweud wrtho am guddio. Doedd e ddim yn siŵr a oedd ei ffrind wedi deall ai peidio, ond gwelodd ei ben yn suddo y tu ôl i'r wal.

BADŴM-BADŴM-BADŴM.

Roedd y sŵn bellach yn fyddarol. Swatiodd

Owain yn glòs yn erbyn Crach, gan gysgodi'n agos at waelod y graig. Yn sydyn, roedd synau eraill yn gymysg â'r drymio uchel. O rywle, daeth sŵn ceffylau'n gweryru a dynion yn gweiddi wrth i garnau'r ceffylau bwnio'r ddaear ac achosi iddi siglo.

Mentrodd Owain edrych i fyny unwaith eto. O gyfeiriad y bwlch, daeth deg ceffyl du enfawr gan garlamu nerth eu traed. Roedd milwr yn marchogaeth pob ceffyl, pob un mewn dillad du, helmed ar ei ben a tharian dros ei ysgwydd. Gallai Owain weld cysgod cleddyf yn hongian wrth wregysau'r milwyr ac roedd rhai ohonyn nhw'n cario bwa. O'r cyfeiriad arall daeth tri cheffyl llai gan garlamu tuag at y lleill. Cymysgedd o geffylau brown a llwyd oedd y rhain, ac un ceffyl gwyn hynod o brydferth yn eu canol. Er nad oedd gan y marchogion yma unrhyw darianau na helmedau, gallai Owain weld eu bod yn cario cleddyfau a bwâu mawr, serch hynny. Mygodd Owain yr awydd i weiddi i'w rhybuddio eu bod bron â tharo i mewn i'w gilydd. Doedd y rhyfeddod o weld dau griw o farchogion ar geffylau, yn cario cleddyfau a bwâu a saethau yng nghefn gwlad Cymru yn y flwyddyn 2010, ddim wedi ei daro eto.

Wrth i'r milwyr sylweddoli bod y criw llai o'u blaenau, daeth gwaedd nerthol o'u cyfeiriad.

'Dyma'n cyfle! Peidiwch â gadael i'r un ohonyn nhw ddianc!'

Gallai Owain glywed sŵn metel cleddyfau'n cael eu tynnu o wregysau. Daeth gwaedd ofnus o gyfeiriad marchog y ceffyl brown.

'Rhodri! Berwyn! Gwyliwch! Tynnwch eich arfau!'

Llithrodd y ceffylau ar y tir gwlyb wrth i'r marchogion geisio'u harafu. Yn sydyn, roedd saethau'n chwibanu drwy'r awyr . . . dynion yn gweiddi . . . ceffylau'n gweryru ac yn sefyll ar eu coesau ôl. Gwelodd Owain filwyr yn cwympo ar ôl cael eu saethu yn eu gyddfau. Trodd i ffwrdd gan deimlo'n sâl. Roedd Crach yn swatio'n isel oddi tano, yn crynu gan ofn.

Ymhen ychydig, gorfododd Owain ei hun i wylio'r ymladd unwaith eto. Bellach, roedd nifer y milwyr wedi lleihau, gyda dau ohonynt yn dal i ymladd â dau o'r criw bach oddi ar gefnau'u ceffylau. Gerllaw, roedd un o'r criw bach ar ei draed yn ymladd yn ffyrnig yn erbyn y milwyr oedd yn weddill. Synnodd Owain at gyflymder yr ymladd. Codai'r cleddyfau a'r tarianau mor sydyn fel ei fod yn debyg i wylio ffilm ar *fast-forward*. Roedd sŵn yr arfau'n taro'n erbyn ei gilydd yn atseinio uwchben sŵn y gwynt, y glaw a'r ceffylau.

Gwelodd Owain y ddau filwr ar droed yn symud tuag ato fe a Crach, ac roedd un grŵp arall yn symud yn ôl tua'r bwlch. Ond yr aelod o'r criw bach a oedd yn ymladd yn agos at guddfan Geth a Marian oedd yn dioddef waethaf. Chwifiai ei gleddyf yn ei law dde, ond roedd ei law chwith yn hongian yn ddiffrwyth wrth ei ochr, yn amlwg wedi'i chlwyfo. Doedd dim rheolaeth ganddo dros y ceffyl oddi tano chwaith, ac wrth i hwnnw droelli yn ei unfan mewn ofn, roedd y ddau filwr yn cael digon o gyfle i ymosod arno. Trawyd y cleddyf o'i law gan ergyd o gyfeiriad un o'r milwyr. Disgynnodd y cleddyf i'r llawr a glynu yn y mwd. Ar unwaith, dyma'r milwr arall yn gwthio'i gleddyf yntau i'w gorff. Cododd y ceffyl ar ei draed ôl a chwympo ar ben y wal gerrig, gan chwalu darn mawr ohoni'n rhacs. Gwasgwyd yr aelod o'r criw bach o dan ei geffyl ei hunan. Sylweddolodd Owain fod y ceffyl wedi cwympo yn yr union fan lle'r oedd Geth a Marian yn cuddio. Beth petaen nhw wedi cael eu gwasgu gan gerrig trwm y wal? Ond yn sydyn, gwelodd wallt coch Geth yn ymddangos ychydig fetrau i ffwrdd; yn amlwg, roedd wedi symud mewn pryd ac wedi llwyddo i lusgo Marian gyda fe. Ochneidiodd Owain ei ryddhad, cyn gweld bod yna broblem arall yn ei wynebu – roedd y milwr wedi sylwi ar ei ddau ffrind hefyd. Clywodd sŵn gweiddi.

'Plant! Beth yn y byd . . ? Dal nhw, Malach!'

Neidiodd milwr arall i lawr o gefn ei geffyl a rhuthro at Geth a Marian.

'Rhed, Marian! Rhed!' gwaeddodd Geth gan gydio mewn carreg a'i thaflu at y milwr. Trawodd y garreg yn erbyn ei wyneb, a baglodd am yn ôl.

'Aw! Bydd angen help arna i fan hyn. Rhygyfarch!'

Neidiodd Rhygyfarch oddi ar ei geffyl a gafael yn Marian wrth i Malach geisio dofi Geth. O fewn dim, roedden nhw'n ôl ar gefn eu ceffylau. Roedd Marian naill ai wedi peidio ag ymladd, neu efallai wedi llewygu.

'Gad fynd, y diawl!' gwaeddodd Geth, wrth iddo gael ei lusgo'n drafferthus at y ceffyl. Rhoddodd Malach glusten galed iddo. Wnaeth Owain ddim meddwl ddwywaith cyn rhuthro allan o'r tu ôl i'w garreg. Doedd dim syniad ganddo beth oedd e am ei wneud, ond rhedodd at y cleddyf oedd yn dal i sefyll yn y mwd. Gafaelodd yn ei garn, a thrio'i dynnu o'r ddaear. Roedd yn anhygoel o drwm. Ond, gydag un ymdrech enfawr, llwyddodd Owain i dynnu'r cleddyf yn rhydd. Bu bron iddo gwympo ar ei gefn wrth ddal y cleddyf trwm yn yr awyr.

Erbyn hyn, roedd Rhygyfarch yn gweiddi ar y milwyr eraill. 'Dewch, mae'n bryd i ni fynd!'

Gallai weld Owain yn paratoi i chwifio'r cleddyf, a dechreuodd wenu drwy'i farf dywyll, denau.

'A-ha, mae rhywun yn gweld ei hun fel milwr! Daliwch e, a dewch ag e gyda ni. Falle gallwn ni 'i hyfforddi e!'

Wrth i Owain baratoi i chwifio'r gleddyf â'i holl nerth, teimlodd bâr o ddwylo cryf yn gafael ynddo o'r tu ôl ac yn ei godi i'r awyr. Gadawodd i'r cleddyf gwympo a dechreuodd ymladd.

'AAAAA!'

Daeth sgrech o'r tu ôl iddo a theimlodd Owain ei hun yn cwympo i'r llawr. Edrychodd i fyny, a gweld Crach yn hongian oddi ar goes y milwr, ei ddannedd wedi'u plannu i mewn iddi. Ysgydwodd y milwr ei goes a thaflu Crach i'r llawr gydag un gic nerthol.

Clywodd Rhygyfarch yn gweiddi, 'Dewch! Gadewch iddo.'

O'r llawr, gallai Owain weld y ceffylau'n carlamu i ffwrdd i mewn i'r niwl. Roedd y milwyr yn cipio Geth a Marian a doedd dim byd y gallai wneud i'w stopio.

'Geth! Marian! NAAAAA!'

Dilynodd Crach y ceffylau am ychydig gan gyfarth nerth ei ben, yn union fel y gwnaeth wrth redeg ar ôl y tri ar draws caeau'r ffwrm yn gynharach y diwrnod hwnnw. Ar ôl tipyn, rhuthrodd yn ôl at Owain gan swatio i lawr wrth ei ochr a llyfu'i law. Rhoddodd Owain fwythau iddo. 'Diolch, Crach bach,' meddai gan bwyso'i ben ar gefn y ci. Roedd wedi blino'n lân. Roedd Geth a Marian rywle ar y ffordd i bwy-a-ŵyr-ble, ac roedd brecwast y bore hwnnw'n teimlo fel oes yn ôl. Dechreuodd y dagrau gronni yng nghorneli ei lygaid. Sychodd nhw'n gyflym a chodi ar ei draed gydag ymdrech fawr ac ochenaid ddofn.

Llanast. Dyna'r cyfan a welai Owain o'i flaen. Roedd cyrff llonydd y milwr a'i geffyl yn gorwedd yn union lle'r oedden nhw wedi cwympo, ac roedd nifer o filwyr eraill yn gorwedd yn y glaw a'r mwd. Roedd y dŵr a lifai i lawr y llethr gerllaw yn goch gan waed. Wrth ymyl y bwlch, roedd dau aelod o'r criw bach. Roedd un tal a chryf yr olwg yn pwyso'n drwm yn erbyn y wal ac yn edrych fel petai'n cael trafferth anadlu, a'r llall yn eistedd ar y llawr. Ond, yn sydyn, cododd ar ei draed a gwthio'i gleddyf yn ôl i'w wregys. Synnodd Owain wrth sylweddoli mai merch oedd hi. Roedd hi wedi ymladd mor galed ag unrhywun o'r lleill. Bellach roedd hi'n eistedd â'i chefn yn pwyso yn erbyn y wal gan edrych tuag at y corff llonydd o dan ei geffyl gan grio'n dawel. Teimlodd Owain rywbeth yn symud wrth ei draed, ac o fewn dim roedd y ci'n cerdded draw at y ferch. Eisteddodd wrth ei hymyl a dechrau llyfu ei llaw. Er bod golwg syn arni doedd hi ddim yn edrych yn flin, a dechreuodd hithau fwytho Crach.

Ond doedd Owain ddim mor barod â Crach i ymddiried yn llwyr yn y ddau filwr. Gafaelodd yn dynn yn y cleddyf eto.

Gwenodd y milwr arall yn drist arno. Roedd ei wyneb yn greithiau i gyd, a'i wallt brith yn diferu gwaed a chwys ac yn gorchuddio'i lygaid dde.

'Fydd dim angen y cleddyf 'na arnat ti, fachgen,' meddai.

Wrth glywed y geiriau, edrychodd y ferch i

fyny arno, ac yna ar Owain. Gwelodd Owain ei bod hi'n anhygoel o dlws, ei gwallt du'n disgyn yn fodrwyon hir o amgylch ei hwyneb, a'i llygaid yn disgleirio drwy'r niwl.

'Pwy ydech chi?' Roedd Owain yn dal i amau'r ddau, ond llaciodd ei afael ar ei gleddyf. Roedd ei feddwl yn rasio wrth gofio'r pethau rhyfedd oedd wedi digwydd iddo. Meddyliodd am y bont fawr a ddiflannodd ar ôl iddyn nhw ei chroesi, y newid yn y tywydd, y frwydr ffyrnig gyda chleddyfau, bwâu a saethau, a'r ddau berson o'i flaen wedi'u gwisgo fel petaen nhw newydd gamu allan o amgueddfa. Ar ben y cwbl, roedd Geth a Marian wedi cael eu herwgipio gan ddihirod. Gallai unrhyw beth fod wedi digwydd iddyn nhw erbyn hyn . . .

'Rhodri ydw i, a dyma Gwenllïan,' eglurodd y dyn mewn llais dwfn, caredig. 'Paid â phoeni pwy ydyn ni, na beth ydyn ni'n ei neud, am y tro. Wyt ti'n iach?'

'Ym, ydw, dwi'n meddwl,' atebodd Owain, er gwaetha'i amheuon. Llaciodd ei afael ar ei gleddyf ychydig eto. Roedd yn dechrau blino ar orfod ei ddal mor uchel.

Fel petai Rhodri wedi darllen ei feddyliau, meddai, 'Mae'r cleddyf yn drwm, yn tydy, was?

Rho fe i lawr am eiliad. Dwi'n addo nad oes gen ti unrhyw reswm i'n hofni ni. Os doi di gyda ni, gallwn ni edrych ar dy ôl di. Bydd raid i ni fynd i chwilio am fwyd. Fe gei di gadw'r cleddyf,' meddai wrth Owain. 'Fydd ar Berwyn mo'i angen bellach.'

'Be ydy d'enw di?' gofynnodd Gwenllïan.

'Owain.'

'Ty'd yma, Owain, mae 'na olwg ryfedd arnat ti. Gei di glogyn gen i i'w wisgo am dipyn nes y cawn ni afael ar rywbeth gwell i ti. Os arhoswn ni yma fawr hirach mi fyddi di wedi dal annwyd trwm.'

Roedd Owain wedi blino cymaint fel y gadawodd i'r cleddyf gwympo i'r llawr. Cerddodd tuag at Gwenllïan. Roedd hi wedi estyn clogyn sych allan o'r pac ar ei chefn. Edrychai fel clogyn a oedd wedi gweld dyddiau gwell a sawl taith hir ond, i Owain, ac yntau'n wlyb at ei groen, edrychai fel y peth mwyaf clyd a welodd erioed. Gan anghofio am ei amheuon, eisteddodd wrth ymyl Gwenllïan a gadael iddi lapio'r clogyn am ei 'sgwyddau. Wrth iddi roi ei breichiau amdano i glymu'r clogyn, ymlaciodd Owain yn erbyn ei hysgwydd. Rhwbiodd Gwenllïan ei ysgwyddau a'i gefn i'w gynhesu, a chaeodd yntau ei lygaid.

Llifodd pob tristwch a phoen o'i feddwl, ac am eiliad teimlai fod ganddo fam yn edrych ar ei ôl.

Y funud nesaf, roedd Owain yn cysgu'n drwm . . .

8

Cwsg a Chynllun

Wrth i Owain gysgu, wedi'i lapio yn ei glogyn yng nghysgod y ceffyl gwyn, a Crach yn eistedd yn ymyl ei ben fel rhyw fath o glustog blewog, blêr, prysurodd Rhodri a Gwenllïan o gwmpas maes y gad. Roedden nhw'n siarad mewn lleisiau isel, rhag deffro Owain, wrth i Rhodri symud cyrff y milwyr a'u gosod yn bentwr gyda'i gilydd.

'Be nawn ni efo Berwyn, Rhodri?' gofynnodd Gwenllïan yn drist.

'Bydd raid i ni godi carn iddo fo fan hyn. Mae 'na le iddo draw ar ochr arall y wal – mi allwn ni ddefnyddio'r cerrig rhydd 'ma.'

'Be wnei di â'r rhain?' gofynnodd Gwenllïan wedyn, gan amneidio i gyfeiriad y milwyr marw.

'Eu llosgi nhw, mae'n debyg. Er, Duw a ŵyr, nid dyna fasen nhw wedi'i wneud tasen nhw yn ein lle ni. Mae'n drueni gorfod rhoi Taran ar yr un tân â nhw, ond does dim dewis.'

'Alla i ddim credu bod Berwyn wedi marw, Rhodri. Roedd o yr un oed yn union â fi,' meddai Gwenllïan wrth edrych ar y corff marw o'i blaen.

'Na finna, Gwen, ond roedd o'n gwybod be oedd y peryglon. Pan fyddi di 'run oed â fi, byddi di wedi gweld gormod o hyn.'

'Gobeithio ddim, Rhodri.'

Daliodd Rhodri ati i weithio. Aeth i nôl bwa a saeth Berwyn a oedd wedi disgyn wrth ei ochr.

'Gall Owain ddefnyddio rhain 'fyd. Bydd 'u hangen nhw arno fe cyn hir, gwaetha'r modd.'

'Pam wyt ti'n meddwl hynny?'

'Gei di weld. Gawn ni ddigon o drafferth i'w atal o rhag trio achub 'i ffrindia. Rwyt ti'n gwybod pwy ydy o?'

'Ydw, ond . . .'

'Rwyt ti'n gwybod, felly, bod gwaed arwrol a dewr – a hollol wyllt a byrbwyll hefyd – yn rhedeg yn y teulu! Duw a ŵyr sut gyrhaeddodd o'r fan hyn yn y lle cynta.'

'Faint ddylen ni ddweud wrtho?' gofynnodd Gwenllïan yn dawel.

'Digon i'w gadw fo rhag rhedeg i ffwrdd ar ôl 'i ffrindia. Ond nid y cyfan, o bell ffordd. Mae o'n rhy ifanc. Wnaiff e ddim deall. Ac nid ein lle ni ydy dweud y cyfan wrtho fo, beth bynnag.'

'Ond mae ganddo fo hawl i gael gwybod, Rhodri . . .'

'Oes, ond dim rŵan.'

'Ond . . .'

'Na, Gwen, dim rŵan. Rhywbryd, falle, ond dim ar hyn o bryd. Mae'n anffodus iawn 'i fod o 'di glanio fan hyn . . . iddo fo . . . ac i ni. Roedd 'na gynllun i'w ddilyn, a dydy hyn ddim yn rhan ohono fo. Bydd raid i mi gael gair efo Parri pan a' i â Crach 'nôl ato fo. Trueni 'fyd, mae o'n amlwg wedi cymryd at Owain.' Holltodd wyneb Rhodri'n wên unwaith eto.

Edrychodd Gwenllïan draw at Owain wrth iddo ddal i gysgu'n dawel. Edrychodd Crach i fyny, gweld y ddau yn edrych arno, a gosod un bawen ar dalcen ei ffrind newydd.

9

Ar Garlam

Roedd bryniau canolbarth Cymru yn rhuthro heibio yn y tywyllwch. Agorodd Owain ei lygaid a gweld cysgodion dail oddi tano yng ngolau'r lleuad. Roedd carnau'r ceffylau'n taranu wrth iddynt garlamu ar hyd lôn gerrig, gul.

'Ble ydyn ni?'

'Ar y Migneint,' atebodd Gwenllïan, 'yn teithio at gastell a llys Dolybrwyn. Mae Rhodri a Crach o'n blaena ni.'

Teimlai Owain yn oer drosto. 'Pam? Ble mae Dolybrwyn? Be am Geth a Marian?' holodd yn frysiog gan ddeffro'n sydyn. Sylweddolodd ei fod wedi bod yn cysgu y tu ôl i Gwenllïan. Er mwyn gwneud yn siŵr na fyddai'n cwympo, roedd Gwenllïan wedi ei glymu'n sownd iddi ar gefn y ceffyl.

'Gei di'r atebion i gyd yn y llys, Owain. Cer 'nôl i gysgu. Mi fyddwn ni'n teithio am awr neu ddwy eto.'

Er nad oedd wedi cael atebion i'w gwestiynau, gorffwysodd Owain unwaith eto yn erbyn cefn Gwenllïan, lapio'i glogyn yn dynnach am ei ysgwyddau a chwympo'n ôl i gysgu.

Pan ddeffrodd Owain am yr ail waith roedd hi wedi gwawrio. Gwelai belydrau gwan yr haul cynnar y tu ôl iddyn nhw, gyda'r ceffylau a'u marchogion yn taflu cysgodion ar y lôn o'u blaenau. Roedd y ffordd yn arwain ar hyd dyffryn cul, yn uchel yn y mynyddoedd. Digon prin oedd y borfa ar y caeau bob ochr, ac roedd cerrig mawr wedi'u gwasgaru ym mhob man fel pe bai cawr wedi bod yn chwarae marblis. Wrth ochr y lôn roedd yna afon fechan yn llifo'n gyflym ac yn wyn, wrth i donnau dorri dros y cerrig mawr oedd ynddi. Ym mhen draw'r dyffryn, gwelai Owain yr haul yn disgleirio oddi ar dŵr uchel. O dan y tŵr roedd castell bychan, a smotiau gwynion yn symud o gwmpas ei waelod. Teimlodd Owain y gwynt yn codi y tu ôl iddo a gwelodd rywbeth coch a melyn yn cyhwfan ar ben y tŵr.

'Dacw Ddolybrwyn,' eglurodd Gwenllïan, 'gyda baner Owain Glyndŵr, Tywysog Cymru, yn chwifio ar y tŵr.'

Er bod cymaint o bethau rhyfedd wedi

digwydd iddo'n ystod y diwrnod diwethaf, roedd hyn yn swnio'n od iawn i Owain.

'Ydy hi'n ddiwrnod Owain Glyndŵr neu rywbeth?'

Chwerthin wnaeth Gwenllïan. 'Gallet ti ddeud hynny, Owain.'

Doedd Owain ddim am holi rhagor. Ychwanegodd hyn at y rhestr o gwestiynau oedd ganddo i'w gofyn pan gâi gyfle. Roedd ar bigau'r drain eisiau gwybod hanes Geth a Marian – beth yn y byd oedd wedi digwydd iddyn nhw?

O'u blaenau, roedd Rhodri'n marchogaeth yn dalsyth ar gefn ei geffyl a'r haul yn disgleirio oddi ar ei gleddyf. Gallai Owain weld y castell yn gliriach erbyn hyn. Roedd wedi'i adeiladu ar gefnen o graig yng nghysgod y mynydd, ei waliau'n llydan ac yn llwyd, yr un lliw â chreigiau'r mynyddoedd o'u cwmpas. Roedd drws enfawr yn y wal flaen – gallai'r ceffyl fod wedi cerdded drwy'r drws yn hawdd gyda Gwenllïan ac Owain yn eistedd ar ei gefn. Roedd y ffenestri'n gul, a darnau pren dros y rhan fwyaf ohonyn nhw. O gwmpas y castell roedd wal gerrig uchel â darnau o bren miniog ar ei phen yn pwyntio i fyny i'r awyr. O fewn y wal roedd ambell dŷ pren llai o faint, a mwg yn codi o nifer o'r simneiau bach. Cerddai ieir a hwyaid o gwmpas y lle, ac ambell un yn nofio mewn pwll bychan oedd wedi'i greu o ddŵr yr afon. Gorweddai ambell gi'n ddioglyd o gwmpas y lle, ac roedd sŵn defaid yn brefu a moch yn rhochian i'w glywed yn glir. Cerddai dynion o gwmpas y lle'n bwydo'r anifeiliaid, yn tendio tanau, ac yn casglu llysiau. Er mawr bryder i Owain, roedden nhw hefyd yn naddu cleddyfau, yn torri darnau o bren i siâp bwa, ac yn gosod metel ar flaen saethau. Cwestiwn arall i'w ychwanegu at y rhestr, meddyliodd Owain.

'Paid â symud gormod, Owain,' meddai Gwenllïan, 'dydan ni ddim isio'u cynhyrfu nhw.'

'Cynhyrfu pwy?' gofynnodd Owain yn syn.

'Nhw,' meddai Gwenllïan, gan bwyntio i fyny at y llethr creigiog gerllaw'r lôn.

Edrychodd Owain i fyny a neidiodd ei galon i'w wddf. Llyncodd ei boer. Uwch eu pennau roedd dynion yn cuddio y tu ôl i greigiau anferth ac yn anelu eu saethau at y tri marchog. Roedd y saethau wedi'u gosod, a'r bwâu yn barod i'w gyrru tuag atynt. Methai ddeall sut gallai Gwenllïan fod mor dawel ei meddwl.

'Paid â phoeni,' meddai hithau wrth weld ei bryder, 'wnân nhw ddim saethu. Maen nhw'n ein nabod ni – Rhodri a fi. Ond maen nhw 'di diodda sawl ymosodiad yn ddiweddar, ac wedi colli llawer o bobl. Mi fyddan nhw'n fwy cyfeillgar unwaith y byddwn ni wrth y giât.'

Edrychodd Owain wrth i Rhodri gyrraedd y giât fawr yn y wal gerrig a sawl milwr yn pwyso 'mlaen i siarad ag e. Gwelodd y milwyr yn nodio ac yn gadael iddo farchogaeth yn ei flaen. Unwaith roedd y ceffyl drwy'r giât, llithrodd Rhodri oddi ar ei gefn, a dyna lle'r oedd Crach yn neidio i lawr ac yn cylchu o gwmpas traed y milwr. Cyrhaeddodd Gwenllïan ac Owain y giât, a oedd bellach ar agor iddyn nhw. Mae'n rhaid bod Rhodri wedi esbonio i'r milwyr pwy oedd y tu ôl iddo, meddyliodd Owain. Wrth basio, edrychodd i fyny ar wynebau'r milwyr. Roedd barf gan y ddau, creithiau dyfnion ar eu hwynebau a tholciau yn eu helmedau. Chymeron nhw ddim sylw o Gwenllïan, ond roedden nhw'n syllu ar Owain. Ceisiodd Owain wenu, ond chafodd e'r un wên yn ôl ganddyn nhw. Clywodd y giât yn cau'n swnllyd y tu ôl iddo.

'Tyrd,' meddai Gwenllïan, a oedd wedi neidio i'r llawr yn barod ac yn estyn ei dwylo allan i helpu Owain, 'neidia i lawr cyn i ormod o bobl dy weld di.'

Neidiodd Owain i lawr ac arweiniodd Gwenllïan y ceffyl i'r un cyfeiriad ag yr oedd Rhodri newydd fynd. Roedd Owain yn falch o gael cerdded o'r diwedd ar ôl bod yn eistedd ar gefn ceffyl am bedair awr. Ysgydwodd ei goesau ac ymestyn ei ddwylo uwch ei ben.

'Gest ti ddigon o gwsg?' gofynnodd Gwenllïan iddo gan wenu.

'Hmmm,' atebodd Owain. 'Nawr, wnei di ddweud wrtha i lle yden ni a be yden ni'n neud yma, Gwenllïan?' gofynnodd yn awchus.

Edrychodd Gwenllïan arno'n dyner.

'Iawn, mi wna i ateb y ddau gwestiwn yna. Mi fydd rhaid i'r gweddill aros, mae arna i ofn. Dyma lys Dolybrwyn ym mynyddoedd Eryri. Rwyt ti'n gwybod lle mae Eryri, siawns?'

'Wrth gwrs.'

'Wel, mae Dolybrwyn reit yng nghanol Eryri, ac yn anodd iawn dod o hyd iddo os nad wyt ti'n gyfarwydd iawn â'r ffordd. Wyt ti'n cofio pa ffordd ddaethon ni?'

'Na, ro'n i'n cysgu.'

'Oeddet.' Roedd y ddau wedi cyrraedd y stabl erbyn hyn. Roedd Rhodri eisoes wedi clymu'r ceffyl gwyn ac wedi diflannu i rywle, a Crach gydag e. 'Wel cred ti fi, mi faset ti'n cael traffarth cofio'r ffordd hyd yn oed yn effro yng ngola' dydd. Dyna pam ma'r lle 'ma mor ddefnyddiol i Owain.'

'Owain pwy?'

'Owain Glyndŵr ynde! Y Mab Darogan!'

'Owain Glyndŵr?'

'Ie. Rwyt ti'n gwybod ei hanes, mae'n siŵr gen i?'

Teimlai Owain gywilydd, er nad oedd yn siŵr iawn pam. 'Nac ydw, mae'n ddrwg gen i. Ddysgodd neb unrhyw beth i mi amdano. Harri'r Seithfed a phobl felly oedden ni'n 'studio yn yr ysgol, a dyw'r ysgol ddim yn dysgu unrhyw beth i ni am Gymru, a . . . dwi'n nabod yr enw, wrth gwrs . . .'

Roedd cymysgedd o syndod a thosturi ar wyneb tlws Gwenllïan.

'Y cnafon! Dim sôn am hanes Owain, wir. Paid ti â phoeni, machgen i, mi fyddi di'n gwybod mwy na digon cyn bo hir, synnwn i ddim! Beth bynnag, dweud o'n i bod Dolybrwyn yn ddefnyddiol i Owain ar hyn o bryd gan fod y rhan fwyaf o fyddinoedd Lloegr ar ei ôl o, ac ambell fyddin arall hefyd. Maen nhw'n gwybod bod llys ganddo yn Eryri, ond gan ei fod mor anodd dod o hyd iddo, a'r lle wedi'i amddiffyn cystal, does neb erioed wedi llwyddo i ymosod arno. Felly dyna lle ydan ni. Eitha pell o'r fan lle'r oeddan ni neithiwr, mewn gwirionedd. A dydy hynny ddim yn beth drwg, o 'styried be ddigwyddodd.'

'Be ti'n feddwl "*yn* ddefnyddiol" a "*mae* byddinoedd" ar ei ôl? Ble ydyn ni? A beth am Geth a Marian?'

'Dwi'n meddwl mai'r ail gwestiwn ofynnaist ti oedd: be yden ni'n neud yma?' Torrodd llais Gwenllïan ar ei draws fel pe bai Owain heb siarad o gwbl. 'I ddechrau, ryden ni yma i drafod ein busnes ni'n hunain. Roedd Rhodri a fi ar ein ffordd 'nôl o ddelio efo mater pwysig pan wnaeth y milwyr ymosod arnon ni a phan ddaethon ni ar eich traws chi. Yn ail, mae'n rhaid i ni drafod be i'w wneud efo ti.'

'Fi? Beth amdana i?' holodd Owain yn bryderus. 'A beth am Geth a Mar . . .'

'Paid â phoeni. Wyt ti'n ogleuo cig moch? Dwi'n llwgu. Tyrd.' Gafaelodd Gwenllïan ynddo a'i droi tuag at ddrws yn wal y castell. 'Mi wnaiff un o'r bechgyn ofalu am fwydo Seren a Fflam.'

'Seren a Fflam?'

'Y ceffylau, siŵr. Deffra wir! Mi fydd angan i ti fod yn gwbl effro heddiw!'

10

Llys y Tywysog

Hanner awr yn ddiweddarach, roedd Owain yn eistedd wrth fwrdd pren mawr mewn neuadd anferth. Roedd yr haul yn tywynnu y tu allan, a'i belydrau'n goleuo rhywfaint ar y neuadd drwy'r ffenestri cul. Roedd tân agored enfawr yn y neuadd, a boncyffion mwy o faint nag Owain ei hun yn llosgi ynddo, gyda'r fflamau cochion yn llyfu'n uchel ar waliau'r simnai. O'i flaen roedd powlenaid fawr o gawl, a phlataid o gig moch trwchus. Er gwaetha'r blinder llethol a deimlai, roedd wedi claddu sawl sleisen o gig moch eisoes, ac roedd wrthi bellach yn gwthio'i fara i mewn i'r cawl chwilboeth mewn powlen oedd bron cymaint ag un o'r sincs yn y cartre plant. Dyma un o'r prydau gorau iddo ei fwyta erioed. Wedi'r cwbl, doedd e ddim wedi bwyta o gwbl ers amser brecwast yn y ffermdy y bore cynt.

Doedd e ddim wedi siarad gair ers ryw chwarter awr, chwaith. Roedd Gwenllïan wrth ei ochr yn bwyta'n awchus, gan edrych arno weithiau a gwenu. Ar yr ochr arall iddo roedd Rhodri'n bwyta fel petai e heb fwyta ers pythefnos ac nad oedd e'n bwriadu bwyta am bythefnos arall chwaith. Bellach roedd e'n eistedd 'nôl ac yn yfed mesur bach o ddiod euraid, gan ochneidio mewn blinder a rhyddhad. Yn eu hwynebu nhw, yr ochr draw i'r bwrdd, roedd dyn garw ond urddasol yr olwg. Roedd ganddo lygaid brown a barf wen, ac roedd ei wallt gwyn yn cyrraedd at ei ysgwyddau. Gwisgai glogyn mawr du wedi'i dynnu'n dynn o'i gwmpas, a throwsus brown am ei goesau hir a ymestynnai o'i flaen. Edrychai ar y tri yn eu tro gan wenu wrth eu gwylio nhw'n bwyta.

Gorffennodd Owain ei fwyd o'r diwedd, a chymryd cipolwg ar y gŵr gyferbyn â nhw. Pan gerddodd Owain drwy ddrws cefn y castell a dilyn Gwenllïan ar hyd nifer o goridorau cul a thywyll ychydig ynghynt, roedd y gŵr yma wedi dod i'w cyfarfod.

'A! Gwenllïan, sut hwyl?' meddai bryd hynny, gan edrych yn fanwl ar Owain. Roedd wedi eu harwain nhw i'r gegin, ac yna i'r neuadd fawr lle'r oedden nhw'n eistedd nawr.

Edrychodd Owain arno dros y bwrdd. 'Diolch yn fawr am y bwyd,' meddai mewn llais tawel.

Ni allai esbonio'r peth, ond teimlai'n nerfus yng nghwmni'r dyn hwn. Bu'n gyfeillgar tu hwnt tuag ato, a'i fwydo, a doedd e ddim wedi'i holi'n rhy fanwl. Ond roedd rhywbeth amdano oedd yn gwneud i stumog Owain droi a throsi. Am ryw reswm, roedd yn cael trafferth edrych i fyw ei lygaid.

'Croeso 'machgen i. Rydech chi wedi teithio 'mhell i gyrraedd yma. Mae croeso Dolybrwyn yn enwog, er mai dim ond ychydig sydd wedi ei brofi. Mi fyddwch chi'n aros i'r wledd heno, gobeithio?' Edrychodd ar Rhodri gan godi'i aeliau.

'Diolch yn fawr am y gwahoddiad. Mi wnawn ni aros, wrth gwrs.' Yna'n dawelach, meddai Rhodri, 'ond bydd yn rhaid i ni drefnu bod Owain, fan hyn, yn mynd adre cyn gynted â phosib, neu bydd 'na drafferth.'

'Ond mae'n rhaid i ni achub Geth a Marian cyn hynny!' meddai Owain yn gyflym. Yna, wrth i'r hen ŵr edrych i'w gyfeiriad, dechreuodd egluro, ychydig yn dawelach y tro hwn. 'Fy ffrindie i, Gethin a Marian; maen nhw wedi cael eu herwgipio gan y milwyr, a does gen i ddim syniad ble maen nhw. Mae'n rhaid i mi ddod o hyd iddyn nhw cyn mynd 'nôl.'

Edrychodd Rhodri a Gwenllïan yn gyflym ar Owain ac yna ar yr hen ŵr gyferbyn â nhw. Gwelodd Owain yr edrychiad.

'Beth?' gofynnodd.

'Mae 'na nifer o bethau nad wyt ti'n eu deall, Owain,' eglurodd Rhodri. 'Mae'r sefyllfa'n gymhleth iawn.'

'Dwi'n gwybod bod pethau'n gymhleth . . . mae gen i restr hir o bethau sy wedi digwydd i mi ers ddoe. Does dim un ohonyn nhw'n gwneud synnwyr. Ond does dim ots am hynny – yr unig beth sy'n bwysig yw cael Geth a Marian yn ôl.'

Gwenodd y dyn ar Owain unwaith eto. 'Chwarae teg i ti, fachgen, am feddwl am dy ffrindiau, ond mae angen i ti wybod ambell beth cyn i ni benderfynu beth i'w wneud. Dos i nôl powlaid arall o gawl i ti dy hun o'r gegin. Mi gei di'r hanes i gyd wedyn.'

'Ond beth allwn ni ei wneud?'

'Feddyliwn ni am rywbeth. Mae 'na *rai* manteision o fod yn dywysog Cymru, sdi.'

Syllodd Owain arno'n gegrwth.

11

Y Rhwygwyr a'r Pwythwyr

Daeth Owain yn ei ôl o'r gegin, yn cario basnaid arall o gawl blasus. Eisteddodd wrth y bwrdd a dechrau adrodd hanes ei ddiwrnod, o'r foment y gadawodd y cartre i'r foment y digwyddodd y frwydr fawr ar ochr arall y bryn.

'Mi welest ti'r milwyr 'na neithiwr, yn do, fachgen?' gofynnodd Rhodri.

'Do.'

'Wyt ti'n gwybod pwy ydyn nhw?'

'Dim syniad. Ond pam maen nhw'n bwysig i Geth, Marian a fi?'

Aeth Rhodri yn ei flaen. 'Maen nhw'n *hynod* bwysig, Owain. Y Rhwygwyr ydy'r enw ar y milwyr yna. Nhw ydy'r rheswm pam dy fod ti yma o gwbwl. Rhwyg mewn amser ydy'r hen bont reilffordd yna. Twll yn neunydd yr oesau. Twll y gall pobl deithio 'nôl a 'mlaen mewn amser drwyddo.'

'Rydw i'n dod o'r flwyddyn 2090 yn wreiddiol.

Mae gen i wraig a phlant yn ôl yn y cyfnod hwnnw,' eglurodd Rhodri.

'Dw inne'n dod o 2200,' eglurodd Gwenllïan.

'Ges i 'ngeni fan hyn,' eglurodd Glyndŵr yn ddireidus, gan wincio ar Owain.

'Ond sut . . .'

Aeth Rhodri yn ei flaen. 'Yn y dyfodol – dy ddyfodol di, hynny ydy, sef 2070 – mi wnaeth criw o bobl ddatblygu technoleg oedd yn ei gwneud yn bosib i deithio'n ôl mewn amser drwy rwygo'r deunydd sy'n dal amser a gofod at ei gilydd. Roedden nhw'n frwd dros deithio'n ôl a 'mlaen mewn amser er mwyn gallu newid digwyddiadau er eu lles nhw'u hunain. Mae pob math o ddigwyddiadau hanesyddol wedi digwydd efo help y Rhwygwyr – dyna oedd pobl yn eu galw nhw. Pethau ofnadwy, pethau anghywir. Rydyn ni'n teithio 'nôl mewn amser i geisio'u rhwystro nhw, i ddadwneud y drwg maen nhw'n ei wneud, a cheisio cau'r rhwygiadau. Dyna pam mai 'Y Pwythwyr' mae pobl yn ein galw ni. Dydy'r frwydr byth yn dod i ben. Mae Gwenllïan a fi, a Berwyn hefyd, wedi bod yn gweithio yn y ganrif hon ers pum mlynedd bellach. Byddwn ni'n cydweithio gyda rhai pobl arbennig ym mhob oes . . . pobl sy'n deall.' Edrychodd ar Glyndŵr wrth ddweud y geiriau.

'Ond sut mae'r dechnoleg yna'n gweithio?' Roedd Owain ar dân eisiau gwybod.

'Owain, sdim pwynt i mi drio esbonio. Hyd yn oed taset ti'n wyddonydd yn dy oes dy hun, mi faset ti'n dal yn methu deall. Sut gallet ti esbonio wrth rywun o'r chweched ganrif sut mae *Playstation* yn gweithio, er enghraifft?'

Ddywedodd Owain yr un gair am rai munudau. Daliai i edrych yn syn ar Rhodri, Gwenllïan a'r hen ŵr. 'Alla i ddim credu hyn,' meddai'n dawel o'r diwedd.

'Meddylia di. Sut arall gallai'r tywydd fod wedi gallu newid mor gyflym? Wnaeth o ddim mewn gwirionedd, ond tra oedd yr haul yn tywynnu yn 2010, roedd hi'n arllwys y glaw yn yr amser hwn. Diflannodd y bont oherwydd dydy hi ddim wedi cael ei hadeiladu eto. Mae'n dawel yma oherwydd nad oes ceir, awyrennau na theledu. Mae pobl yn lladd ei gilydd efo cleddyfau oherwydd, yn anffodus, dyna be mae pobl yn ei wneud yn ystod y ganrif hon. Cred ti fi, Owain, pan groesoch chi'r hen bont yna mi aethoch chi drwy'r rhwyg a theithio 'nôl i'r bymthegfed ganrif. Heddiw ydy'r deuddegfed o Ebrill, 1401.'

Roedd cant a mil o gwestiynau'n rhuthro trwy feddwl Owain. Teithio 'nôl mewn amser?! Rhyfeloedd ar hyd yr oesoedd?! Roedd ei ben yn troi.

'Ond, os ydych chi'n gwybod am y rhwyg dros y bont rheilffordd, pam nad ydych chi wedi'i bwytho fe?'

'Cwestiwn da, fachgen. Ry'n ni wedi rhoi cynnig arni sawl tro, ond wedi methu. Mae rhywbeth rhyfedd ynghylch y rhwyg yna, ac ambell rwyg arall o gwmpas y lle hefyd. Mae Parri'r ffermwr, yr un ddaeth ar eich holau chi, yn gwybod amdano ac wedi addo gwneud yn siŵr nad oes neb yn mynd yn agos ato. Bydd raid iddo gael cŵn ffyrnicach na'r oen llyweth yma yn y dyfodol, mae'n amlwg!' meddai Rhodri gan fwytho Crach yn annwyl.

'Iawn . . . felly . . . y Rhwygwyr oedd y criw yna o filwyr ar y ceffylau duon – y rhai sy wedi herwgipio Geth a Marian? A chi yw'r Pwythwyr?'

'Ie,' atebodd Gwenllïan.

'Ac ry'ch chi'n brwydro yn erbyn eich gilydd ar draws yr oesau?'

'Gallet ti ddweud hynny ond, mewn gwirionedd, rydan ni wastad gam y tu ôl iddyn nhw, yn trwsio'r hyn maen nhw'n 'i chwalu, yn trin y clwyfau maen nhw'n 'u creu.'

'Ond . . . sut bod 'na gymaint ohonyn nhw, a dim ond tri ohonoch chi?'

'Tri?' gofynnodd Glyndŵr yn gyflym.

'Mi gollon ni Berwyn neithiwr.'

Daeth golwg boenus dros wyneb Glyndŵr am y tro cyntaf ers i Owain ei gyfarfod.

'Mae 'na dipyn llai ohonon ni nag ohonyn nhw, beth bynnag. Mae llywodraeth 2070, a sawl llywodraeth arall, yn eu cefnogi nhw. Criw bach yden ni, bob amser o dan bwyse. Mae rhyw ugain ohonon ni ar draws yr oesau. Gwenllïan a fi ydy'r unig rai yn yr oes yma. Mae Hywel ac Esyllt 'nôl yn y chweched ganrif, Guto ac Alaw yn yr unfed ganrif ar bymtheg, ac mae Iolo a Carys yn gweithio'n gudd yn Llundain yn y bedwaredd ganrif ar bymtheg . . .'

'Ac mae 'na rai yn y 1950au hefyd, ac yn yr 1980au,' ychwanegodd Gwenllïan.

'O gofio faint o bobl sy ganddon ni, yr unig beth allwn ni ei wneud ydy ymosod ar y Rhwygwyr weithiau, pan nad ydyn nhw'n disgwyl gorfod ymladd. Welest ti neithiwr be sy'n digwydd pan ydyn ni'n taro ar ein gilydd. Nhw sy'n ennill.' Roedd golwg chwerw ar wyneb Rhodri.

'Ond mae'n rhaid bod gennych chi arfau a

phob math o dechnoleg i'ch helpu chi? Pam ydych chi'n dal i ddefnyddio bwa a saeth, cleddyfau a cheffylau? Pam ddim bomiau, neu *lasers* neu awyrennau gofod?'

'Allwn ni ddim, fachgen,' eglurodd Gwenllïan. 'Dim ond ambell berson ym mhob oes sy'n gwybod amdanon ni. Glyndŵr fan hyn, ac un neu ddau o'r beirdd a'r dewiniaid . . .'

'Dewiniaid!?'

'Ie, ac ambell un arall ar draws yr oesau. Does gan y rhan fwyaf o bobl ddim syniad pwy ydan ni. Ac mae'n rhaid i bethau aros felly. Pe bai pawb yn gwybod amdanon ni, byddai'r canlyniadau'n drychinebus. Felly does ganddon ni ddim dewis ond defnyddio cleddyfau a cheffylau ac ati.'

Roedd meddwl Owain yn dal i chwyrlïo. 'Iawn. Ocê. Ond beth allwn ni ei wneud ynghylch Geth a Marian?'

Edrychodd Glyndŵr, Rhodri a Gwenllïan ar ei gilydd.

'Gwranda, Owain,' dechreuodd Gwenllïan. 'Yr hyn mae'n rhaid i ti ei ddeall am y Rhwygwyr ydy eu bod nhw'n filain. Does ganddyn nhw ddim cydwybod o gwbwl. Mi wnân nhw unrhyw beth i unrhywun er mwyn cael eu ffordd. Mi wnân nhw rai pethau dim ond er mwyn cael hwyl. Does wybod be sy wedi digwydd i dy ffrindiau di,' meddai gan roi ei llaw ar ysgwydd Owain. 'Dwi'n ofni y bydd raid i ti wynebu'r posibilrwydd na weli di Geth a Marian fyth eto.'

'Ond . . !'

'Mae'n bosib eu bod wedi mynd â'r ddau i Gastell Treffin. Milwyr brenin Lloegr sy yno ar hyn o bryd. Maen nhw'n ymladd yn erbyn Glyndŵr, ac mae'r Rhwygwyr wedi bod yn 'u helpu nhw ers blynyddoedd. Mae'n rhaid eu bod nhw wedi bod allan yn ysbïo neu'n ymosod ar rywun neithiwr. Felly, hyd yn oed os na wnaeth y Rhwygwyr ladd dy ffrindiau di, mae'n bosib bod y milwyr wedi gwneud hynny.'

'Na!' gwaeddodd Owain. 'Fyddai Geth ddim wedi gadael i hynny ddigwydd. Maen nhw'n fyw, dwi'n gwybod, ac mae'n rhaid i ni wneud ein gorau glas i'w hachub nhw!'

'Ond Owain . . .'

'Alla i ddim mynd 'nôl i 2010 hebddyn nhw! Maen nhw'n ffrindie i fi! Bydd pawb yn chwilio amdanon ni. Wel, mi fyddan nhw'n chwilio am Geth a Marian, beth bynnag. Be weda i wrth bawb?'

Roedd Glyndŵr yn nodio'i ben.

'Mi wna i anfon Ffinnant, yr ysbïwr, allan o fewn yr awr i chwilio am wybodaeth. Os ydy dy ffrindiau di'n dal yn fyw, bydd raid i ni drio'u hachub nhw, yn bydd?' Roedd fflach o gyffro peryglus yn llygaid Glyndŵr, a hanner gwên ar ei wyneb.'

'Owain! Na! Meddylia am y perygl . . .'

'Rhodri, mae'n hen bryd i ni ddangos iddyn nhw. Rhaid i ni aros i weld beth fydd gan Ffinnant i'w ddweud.'

'Diolch!' ebychodd Owain.

12

Glyndŵr, Ysbïwr a Bardd

Cerddodd Glyndŵr ar draws y cae bychan o borfa denau oedd yn gwahanu'r castell oddi wrth y mynydd. Roedd cwt bychan pren wedi'i adeiladu yno, a cheffyl neu ddau wedi'u clymu y tu allan. Wrth iddo frasgamu ar draws y cae, aeth heibio nifer o filwyr a gweithwyr eraill. Cododd pob un ei ben ac amneidio wrth i'r tywysog fynd heibio. Roedd yr haul yn uchel yn yr awyr erbyn hyn, a'r anifeiliaid naill ai'n cysgodi yn y cytiau pren neu'n yfed o ddŵr y llyn. Yn eistedd ar garreg fawr wrth ochr y cwt roedd bachgen, nad oedd fawr hŷn nag Owain, yn brysur yn hogi cyllell ar faen hogi bychan.

'Ffinnant. Sut hwyl?'

'Cyfarchion, syr.' Cododd y bachgen ar ei draed. Edrychai'n deneuach na'r brwyn a dyfai o amgylch ei draed, ac roedd golwg gyfrwys ar ei wyneb. Roedd ei lygaid yn fawr ac yn effro fel llygaid gwenci, a'i wallt wedi'i dorri'n fyr, fyr.

'Ydy Awel yn barod?

'Ydy, mae Twm wedi'i phedoli hi y bore 'ma. Oes rhaid i mi fynd allan?'

'Oes, Ffinnant. Mae angen i ti fynd i ardal Castell Treffin. Cysyllta efo'r bobol iawn yn y ffordd arferol. Mae angen i ti holi am hanes dau blentyn sydd, o bosib, yn gaeth yn y castell. Ydyn nhw'n fyw neu'n farw? Ac os ydyn nhw'n fyw, ble maen nhw'n cael eu cadw?'

'Iawn.'

'Mae angen gwybod cyn gynted â phosib.'

'Mi a' i ar unwaith.'

Roedd Ffinnant eisoes yn casglu'i bethau ynghyd. O fewn ychydig funudau roedd ar gefn Awel, a'r cymylau o lwch yn codi wrth iddyn nhw garlamu ar hyd y ffordd o'r castell.

*　　*　　*

Hedfanodd gweddill y diwrnod heibio. Prin y gallai Owain gredu ei fod wedi teithio 'nôl mewn amser, er gwaetha'r holl bethau rhyfedd roedd wedi'u gweld. Ar ôl i Glyndŵr eu gadael wrth y bwrdd, gorffennodd Owain ei gawl ac eistedd yno am amser hir yng nghwmni Rhodri a Gwenllïan, yn trafod eu hanturiaethau y noson cynt. Gofynnodd Owain gwestiynau di-ri.

Cafodd ateb i rai ohonyn nhw, ond roedd y ddau'n gwrthod ateb y lleill, neu'n troi'r sgwrs at bethau eraill. Cafodd wybod llawer o bethau diddorol, serch hynny, yn cynnwys lleoliad rhwygiadau eraill ar hyd Cymru, rhai tebyg i'r hen bont rheilffordd. Yn ôl Rhodri, roedd 'na ddrws ar ochr bryn yn Aberystwyth, mewn hen arhosfan fysys yng Nghaernarfon, ac mewn cromlech ar Ynys Môn oedd yn arwain at flynyddoedd arbennig. Roedd rhai pethau digon doniol wedi digwydd, fel hen fenyw'n cerdded drwy'r arhosfan fysys yn syth i ganol marchnad brysur yn yr Oesoedd Canol. Bu'n rhaid i Rhodri fynd i'w hachub cyn i'r trigolion lleol geisio'i llosgi hi fel gwrach.

Roedd y castell yn llawn prysurdeb. Rhuthrai morynion o le i le – rhai'n cario bwcedi o ddŵr, rhai'n cario dillad, a rhai'n cario ffesantod, pysgod a ieir marw i gyfeiriad y gegin. Roedd rhai'n cario llestri o'r llaethdy, ac eraill yn cario darnau mawr o gig moch dros eu hysgwyddau. Cerddodd Owain, Rhodri a Gwenllïan drwy'r coridorau cul, â ffaglau o dân yn goleuo'r ffordd.

Roedd sŵn a phrysurdeb y lle'n synnu Owain. Yn y cartre plant, roedd gwneud unrhyw fath o sŵn yn arwain at gael pryd o dafod, neu waeth.

Ond yma, teimlai fel pe bai pawb yn gwneud eu gorau glas i fod yn swnllyd. Roedd y merched yn gweiddi ar ei gilydd o ffenest i ffenest, neu'n canu alawon wrth weithio. Atseiniai sŵn taro metel ar fetel o weithdy'r gof ar draws y caeau. Roedd y dynion yn galw ar ei gilydd ac yn chwerthin wrth iddyn nhw hogi'u harfau, neu weithio yn yr ardd neu gyda'r anifeiliaid. Yn y berllan, roedd plant yn chwarae ac yn rhedeg o gwmpas y lle gan weiddi. Ac roedd yr anifeiliaid eu hunain yn cadw sŵn byddarol – y ceffylau'n gweryru, y gwyddau'n sgrechian, y moch yn rhochian ac ambell geiliog yn clochdar.

Ar ôl cerdded o gwmpas y castell am ychydig, ac Owain yn rhyfeddu at bopeth a welai, aeth y tri i eistedd y tu allan ac edrych i lawr y dyffryn. Crwydrai Rhodri'n ôl a 'mlaen, yn bwydo'r ceffylau ac yn siarad â rhai o'r hen filwyr oedd â'u gwallt a'u barfau llwyd yn cuddio'u creithiau. Roedd y rhain yn mynd 'mlaen â'u gwaith yn dawel tra oedd y milwyr ifancach yn sgwrsio a chanu. Cerddai llawer iawn o bobl heibio i'r tri wrth iddyn nhw eistedd a sgwrsio. Nodiai pob un ei ben fel pe baen nhw'n gyfarwydd â chael Rhodri a Gwenllïan o gwmpas y lle, ond roedd llygaid pob un yn oedi ar Owain, yn ceisio deall pwy oedd e a beth oedd ei fusnes yn Nolybrwyn. Ni ofynnodd unrhywun iddo'n uniongyrchol, fodd bynnag; rhaid eu bod nhw'n derbyn ei fod yntau'n ffrind i Glyndŵr.

Wrth i'r haul fachlud, cododd cwmwl o lwch ar hyd y lôn hir tua'r castell. Ymhen dim, roedd sŵn carnau i'w clywed yn taro ar gerrig.

'Ffinnant sy 'na,' meddai Rhodri wrth i'r ceffyl gerdded i mewn trwy'r giât. 'Fuodd o ddim yn hir.'

'Pa hwyl, Ffinnant?' galwodd yn uchel. Daeth y ceffyl yn agosach. Yna'n dawelach, gofynnodd, 'Pa newydd o Dreffin?'

Cododd Owain ei ben i wrando'n fwy astud. Edrychodd Ffinnant o'i gwmpas, ei wyneb gwenci'n symud yn gyflym.

'Ddim fan hyn. Dewch i weld Glyndŵr mewn ychydig funudau, ac mi gewch chi wybod y cyfan bryd hynny.'

Erbyn i Owain, Rhodri a Gwenllïan fynd i mewn i neuadd fawr y castell ychydig amser yn ddiweddarach, roedd Glyndŵr a Ffinnant yn sgwrsio â'i gilydd.

'Iawn, felly rydyn ni'n gwybod bod Gethin a Marian yn dal yn fyw.'

Ochneidiodd Owain mewn rhyddhad wrth

glywed y geiriau hynny. Roedd fel pe bai pwysau trwm wedi'i godi oddi ar ei ysgwyddau. Daeth dagrau i'w lygaid a sychodd nhw'n gyflym â'i lawes.

'Ond . . .' aeth Glyndŵr yn ei flaen, 'rydyn ni hefyd wedi dod i wybod eu bod nhw'n cael eu cadw'n gaeth yng nghelloedd Castell Treffin. Mi fues i yno unwaith, pan o'n i'n ffrindie efo'r bobl oedd yn rheoli yno erstalwm. Roedd y celloedd yn erchyll – yn oer, yn wlyb ac yn dywyll. Alla i ddim dychmygu bod y milwyr sydd yno rŵan wedi gwella dim arnyn nhw. Mae'r castell hefyd bron yn amhosib i ymosod arno, efo'r llethrau serth ar bob ochr iddo, a cheunant hefyd ar ddwy ochr.

'Rydyn ni hefyd yn gwybod nad Gethin a Marian yw'r unig rai sy'n cael eu carcharu yn y castell ar hyn o bryd,' ychwanegodd. 'Mae 'na fachgen arall yno hefyd,' meddai gan edrych ar Owain. 'Bachgen o'r enw Mouse.'

'BETH!?'

'Owain, pam na wnest ti sôn amdano ynghynt?' Roedd llais Glyndŵr wedi caledu.

Allai Owain ddim credu'r peth. Sut yn y byd . . ?

'D . . . do'n i ddim yn gwybod,' meddai

Owain. 'Bachgen arall o'r cartre plant yw e. Dyden ni ddim yn ffrindie. Mae e'n fy nghasáu i! Mae'n rhaid ei fod e wedi'n dilyn ni heb yn wybod i ni!'

'Dydy o ddim yn cael ei gadw mewn cell . . .' meddai Glyndŵr.

'Mae'n siŵr ei fod e wedi dweud pob math o bethau er mwyn dod yn ffrindiau â'r milwyr.'

'Ydy o'n gwybod dy fod ti efo ni?' gofynnodd Rhodri.

'Dim syniad. Do'n i ddim yn gwybod ei fod e 'ma hyd yn oed! Be wnawn ni?'

'Dim byd ar hyn o bryd. Bydd y Rhwygwyr yn disgwyl i ni drio achub y ddau arall, mae'n siŵr,' meddai Rhodri.

'Does ganddon ni ddim dewis ond ymosod,' meddai Owain yn bendant. 'Dim ond esgus oedd ei angen.'

Agorodd Owain ei geg er mwyn dweud rhywbeth, ond dechreuodd Glyndŵr siarad eto.

'Mae'n rhaid i ni fentro. Allwn ni ddim gadael i'r tri phlentyn yna bydru yn y castell. Bydd yn gyfle i ni gymryd Castell Treffin. Fe wna i feddwl am gynllun heno. Ond Owain,' meddai, gan edrych i fyw llygaid y bachgen, 'mi fyddwn ni'n siŵr o achub dy ffrindiau di, ac mi fyddi di'n ddiogel gyda ni. Yn y cyfamser, mwynhewch y wledd heno.'

Aeth Glyndŵr yn ei flaen i siarad yn ddwys gyda Ffinnant.

Arweiniodd Rhodri Owain a Gwenllïan allan o'r neuadd. 'Rhaid i ni aros tan fory i weld beth ydy manylion y cynllun,' meddai. Trodd at Owain. 'Newyddion da! Mae dy ffrindiau di'n fyw!'

Gwenodd Owain mewn rhyddhad.

Aeth Rhodri yn ei flaen. 'Dwi'n cynnig ein bod ni'n gwrando ar Glyndŵr, ac yn mwynhau'r wledd. Anaml iawn y cawn ni gyfle i wneud hynny.'

Roedd byrddau'r neuadd yn cael eu llwytho â bwyd, ac roedd pob math o offerynnau wedi'u gosod ym mhen ucha'r stafell. Aeth y tri i eistedd wrth un o'r byrddau, lle'r oedd Crach yn gorwedd yn dawel. Daeth dyn tal, blêr yr olwg, i mewn i'r neuadd yn cario jwg. Sylwodd ar Rhodri, Gwenllïan ac Owain, a daeth draw i eistedd wrth eu hymyl.

'Sut wyt ti, Rhods? Gwen? A phwy wyt ti, fachgen?'

'Owain.'

'Owain pwy?'

'Owain Jones.'

Torrodd Rhodri ar ei draws. 'Owain, dyma Iolo, y bardd. Iolo, dyma Owain.'

Gafaelodd Iolo yn ei law a'i hysgwyd mor galed nes bod hylif euraid yn arllwys o'r jwg a gariai yn y llaw arall.

'Croeso i ti, was. Falch o'ch gweld chi'ch tri. Ma' heno'n mynd i fod yn noson a hanner. Ambell gerdd dda gen i, er mai fi sy'n dweud hynny! Mwynhewch!'

Cododd a symud i siarad â dwy ferch oedd yn gosod y bwrdd gerllaw. Ymhen dim, roedd y ddwy'n chwerthin yn uchel.

'Mae Iolo'n gymeriad. Yn fardd gwych, ond ddim hanner call,' meddai Gwenllïan. 'Ond roedd o'n iawn – mae heno'n mynd i fod yn noson dda.'

A gwir y gair. Doedd Owen erioed wedi gweld unrhyw beth tebyg o'r blaen. Roedd y bwyd yn anhygoel – cawsiau a chigoedd, pysgod a phastai, pwdinau anhygoel a diodydd melys oedd yn twymo'r frest. Roedd telynorion yn chwarae drwy'r nos, ac alawon rhyfedd a hardd yn gwau drwy bennau pawb. Cododd Iolo sawl gwaith ac adrodd barddoniaeth wrth i'r delyn ganu. Roedd Glyndŵr yn eistedd ar fwrdd arall, a gwên lydan ar ei wyneb wrth iddo wrando ar y cerddi. Ymhen hir a hwyr, peidiodd y cerddi, cyflymodd cerddoriaeth y telynau a dechreuodd rhai ddawnsio.

Pan ddigwyddodd hynny, penderfynodd Gwenllïan ei bod hi'n amser gwely. Arweiniodd hi Owain i fyny at stafell wely yn un o dyrau bychain y castell. Roedd sŵn y crwth a'r delyn yn dal i atseinio yn ei ben, a geiriau'r bardd yn dal i brocio syniadau dychrynllyd yn ei feddwl. Ar ôl iddi ddod o hyd i ddillad glân a chynnes, a gadael iddo newid, neidiodd Owain i'r gwely a gadael i Gwenllïan godi'r blancedi dros ei ben. Roedd ei lygaid bron â chau, a'r clustog o dan ei ben yn teimlo mor gyfforddus ac ysgafn â chwmwl o gymharu â'r rhai yn y cartre. Teimlai fel petai heb gysgu ers mis.

'Nos da, Owain,' meddai Gwenllïan yn dyner. 'Bydd bore fory yma mewn chwinciad, felly dos i gysgu'n syth. A phaid â phoeni, mi wna i edrych ar dy ôl di.'

'Gwenllïan?'

'Ie?'

'Be wnawn ni os na fydd y cynllun yn gweithio?'

'Paid â phoeni. Does neb tebyg i Glyndŵr

unwaith mae syniad yn 'i ben. Galli di gysgu'n dawel.'

Gwenodd Owain a Gwenllïan ar ei gilydd.

Yn sydyn, clywodd y ddau sŵn snwffian a chrafu wrth fôn drws y stafell. Aeth Gwenllïan i'w agor a rhuthrodd Crach i mewn, yn gynffon i gyd, a setlo dros draed Owain ar waelod y gwely. Chwarddodd y ddau.

'Nos da, Owain.'

'Nos da.'

A chyda hynny, caeodd Owain ei lygaid a chysgu. O fewn eiliadau roedd yn chwyrnu'n braf.

13

Brecwast Gyda Bardd

Deffrodd Owain gyda'r wawr wrth i Crach lyfu'i wyneb. Pesychodd a gweiddi, 'Crach, cer o 'ma'r ci gwirion!' Cododd, gwisgo'n sydyn a cherdded at y ffenest. Roedd mwg yn codi o simneiau'r cytiau pren. Rhuthrodd allan o'r stafell ac i lawr y grisiau i'r gegin.

'Dyma ti, Owain,' gwaeddodd un o'r merched, gan estyn bowlen o uwd iddo.

'Diolch!'

Cydiodd yn y bowlen a mynd yn ei flaen i'r neuadd. Yno roedd stêm yn codi o blataid arall enfawr o gig moch. Mewn un cornel o'r neuadd, wrth ochr y tân, roedd Iolo'r bardd yn cysgu â'i ben ar y bwrdd. Sylwodd Owain ei fod yn gwisgo'r un dillad yn union â neithiwr. Chwyrnai'n uwch na Crach y ci, ac roedd gwydryn hanner llawn wrth ei benelin. Ar wahân i Iolo, doedd neb arall yn y neuadd. Allai Owain ddim credu bod Rhodri a Gwenllïan yn dal i gysgu. Rhaid eu bod nhw allan yn paratoi, meddyliodd.

Eisteddodd Owain yn dawel gyferbyn â Iolo, gan geisio peidio â'i ddeffro. Dechreuodd fwyta'r uwd yn awchus, ond wrth i lwy Owain daro ochr y bowlen, dechreuodd Iolo stwyrian. Peidiodd y chwyrnu a dechreuodd ochneidio. Yn sydyn, cododd ei ben ac edrych o'i gwmpas â golwg syn ar ei wyneb.

'Mae'n fore,' meddai.

'Ydy,' meddai Owain.

'Faint o'r gloch?'

'Tua saith, ddwedwn i.'

Ochenaid arall. 'Yyyyyy. Mae'n rhy gynnar. Be ti'n neud yn codi mor gynnar? Dwi'n cysgu tan hanner dydd o leia, fel arfer.'

'Wel, 'nes i ddeffro, wedyn do'n i ddim yn gallu mynd 'nôl i gysgu. Dwi'n teimlo'n rhy nerfus.'

'Nerfus? Am be, was?'

'Ry'n ni'n mynd i Gastell Treffin heddiw i achub fy ffrindie.'

'Diawl, sut cyrhaeddon nhw fan'ny?'

'Mae'n stori hir, a dwi ddim yn ei chredu hi i gyd fy hunan.'

'Un o ble wyt ti?'

'Yyyym, Lerpwl.' Doedd Owain ddim yn siŵr iawn beth i'w ddweud wrtho. Oedd Iolo'n gwybod am y Rhwygwyr a'r Pwythwyr tybed?

'O ie?' cododd Iolo ei aeliau nes eu bod nhw bron â diflannu dan ei wallt blêr. 'Yno yr ei di ar ôl achub dy ffrindie?'

'Dwi ddim yn siŵr. Gobeithio ddim.'

'I ble arall yr ei di 'nôl yn 2010?' holodd Iolo gan wenu.

'Be?!' A oedd e wedi dweud gormod neithiwr? Faint o bobl eraill oedd yn gwybod?

'Paid â phoeni, Owain, dwi'n gwybod pwy wyt ti, a dwi'n nabod Gwen a Rhodri'n dda. Mae gen i gerdd i Rhodri, fel mae'n digwydd. Ac ydw, dwi'n gwybod o ble rwyt ti'n dod, neu o *bryd* rwyt ti'n dod! Sut le ydy o, Owain?'

'Well gen i fan hyn, a bod yn onest.'

Gwenodd Iolo. 'Ond dwyt ti ddim yn perthyn i fan hyn, nagwyt, Owain? Mae'n rhaid i bawb fynd yn ôl, neu 'mlaen, yn y diwedd. Mynd adre.'

'Dwi ddim yn siŵr os ydw i isie mynd. Well gen i aros yn fan hyn, neu aros gyda Gwen a Rhodri.'

'Mi fyddi di isie mynd adre unwaith i ti achub dy ffrindie. A phwy a ŵyr, hwyrach y doi di 'nôl rywbryd . . . rwyt ti'n gwybod sut, siawns?' gofynnodd gan wincio.

'Falle na fydda i'n mynd i unrhyw le, ar ôl heno! Falle mai mewn cell gyda Geth a Marian fydda i.'

'Na fyddi.'

'Sut y'ch chi'n gwybod?'

'Oherwydd y Broffwydoliaeth, siŵr iawn!'

'Y be?'

'Y Broffwydoliaeth! Mae'r beirdd wedi proffwydo ers canrifoedd bod Glyndŵr yn mynd i lwyddo – cyn iddo gael ei eni hyd yn oed. Fo ydy'r Mab Darogan! A be ydy dy enw di?'

'Owain.'

'Yn union. Owain. Rwyt ti'n ail Owain, yn ail Fab Darogan! Mi fyddi di'n siŵr o helpu Glyndŵr i lwyddo, rhywffordd! Ac os bydd Glyndŵr yn llwyddo, mi fyddi di'n llwyddo i achub dy ffrindie.'

Roedd Iolo'n dechrau mynd i hwyl nawr. Dechreuodd yfed o'r gwydryn oedd wrth ei benelin.

'Aaaaaa. Dwi'n gallu gweld y faner yn chwifio dros Dreffin rŵan! Mi fyddwn ni'n canu am y fuddugoliaeth yma am flynyddoedd. Gei di gerdd wych gen i, Owain bach!'

Dechreuodd Iolo gerdded yn ôl ac ymlaen gan weld rhyw bethau yn y neuadd na fedrai Owain mo'u gweld o gwbwl. Roedd golwg hapus o wyllt arno. Fedrai Owain ddim rhwystro'i hun rhag rhannu ei gyffro.

'Owain bach, dwi'n mynd i hogi fy nghleddyf. Dweda wrth Glyndŵr am alw amdana i pan ddaw'r amser. Dwi'n dod efo chi heddiw.'

Rhuthrodd Iolo o'r stafell ar ei union i gyfeiriad y gegin, i sŵn gwaedd a sgrech a sŵn llestri'n chwalu.

Ychydig funudau'n ddiweddarach, daeth Rhodri a Gwenllïan i mewn i'r neuadd.

'Be yn y byd ddwedest ti wrth Iolo, Owain?' gofynnodd Rhodri.

'Dim byd, 'mond holi cwestiyne! Pam?'

'Mae o wedi cyffroi i gyd. Sôn am fynd i hogi'i gleddyf. Dwi ddim yn credu 'i fod o'n gwybod ble ma'i gleddyf. Siarad mae beirdd i fod i wneud, nid ymladd!'

'Paid â phoeni,' meddai Gwenllïan, 'mi fydd o wedi anghofio cyn i ni adael. Gysgest ti, Owain?'

'Do, diolch. Ble fuoch chi?'

'Yn y stablau, er mwyn gwneud yn siŵr bod y ceffylau'n barod.'

'Fyddwn ni ddim yn hir rŵan,' meddai Rhodri'n awchus.

Llyncodd Owain yn galed. Roedd ei gorff cyfan yn gymysgedd o gyffro ac ofn.

14

Ogof a Thwnnel

Bu'r daith yn ôl i'r canolbarth yn ddigon tawel, gyda Glyndŵr yn eu harwain ar ei geffyl du. Y tu ôl iddo roedd Rhodri ar ei geffyl yntau, a Gwenllïan ac Owain yn rhannu eu ceffyl hwythau. Yn gefn iddyn nhw roedd ugain o filwyr gorau Glyndŵr, pob un yn dawel a di-wên. Yn eu dilyn nhw wedyn roedd Iolo – yntau hefyd ar geffyl, ond yn edrych fel pe bai'n dal i gysgu. Arweiniodd Glyndŵr y criw dros y mynydd, ar hyd llwybrau troellog, drwy gorsydd a choedwigoedd ac i lawr llethrau serth hyd nes iddyn nhw ddod at yr un afon a welodd Owain y diwrnod cynt.

Roedd Castell Treffin o'u blaenau, ei siâp yn eglur yng ngolau'r lleuad. Ond gallai Owain weld y broblem oedd yn eu hwynebu. Roedd y tyrau'n anferth, a'r waliau'n syth ac yn llyfn. Safai'r castell ar graig fawr, a honno'n ymestyn allan i'r dyffryn. Plygai'r afon o gwmpas y graig, gan warchod y castell ar ddwy ochr. Roedd yr afon yn ddofn ac yn llifo drwy geunant cul. Arweiniai pont dros yr afon at ddrws mawr pren, gyda giât haearn yn ei warchod. Ar un ochr yn unig yr oedd llwybr hawdd at y castell ei hun. Ond ar yr ochr honno doedd dim ffordd i mewn i'r castell, ac roedd un wal hir ac uchel yn gwgu arnyn nhw. Allai Owain ddim gweld unrhyw ffordd hawdd i mewn i'r lle.

Dechreuodd deimlo fel ffŵl. Roedd wedi mynnu dod yma gyda'r criw, ond doedd e ddim wedi ystyried am eiliad beth fyddai disgwyl iddo'i wneud ar ôl cyrraedd. Roedd wedi cymryd yn ganiataol y byddai cynllun gan Glyndŵr. Ond, o'r olwg ar wynebau'r lleill, roedd yn amau hynny erbyn hyn. Roedd y criw wedi dod yma er mwyn achub ei ffrindiau ef, ac roedden nhw'n mynd i geisio gwneud hynny yn erbyn pob synnwyr cyffredin. Beth pe bai Rhodri a Gwenllïan ac Owain Glyndŵr ei hunan yn cael eu cadw'n gaeth yn y castell ofnadwy yma? Ei fai e fyddai hynny. Teimlodd awydd cryf i fod yn ôl yn ei wely, yn unrhyw le. Yn Nolybrwyn, ar Fferm yr Hafod, neu yng nghartre Flatlands hyd yn oed, lle gallai guddio o dan y blancedi. Yna meddyliodd am Geth a Marian, mewn cell dywyll, oer, yng nghrombil y castell. Tra oedd e

Owain wedi bod yn gwledda yn Nolybrwyn, roedden nhw wedi bod yn dioddef. Teimlodd gywilydd yn sydyn, a thynnodd ei glogyn yn dynnach amdano wrth gydio yn ei ffon. Mae'n rhaid bod Rhodri wedi gweld yr olwg ryfedd ar ei wyneb oherwydd meddai, dan wenu, 'Wyt ti am gymryd y castell ar dy ben dy hun, Owain?'

'Na! Ond mae'n rhaid i ni benderfynu beth i'w wneud. Mae'n edrych mor fawr a chadarn. Sut yn y byd ydyn ni'n mynd i allu torri i mewn?'

'Does dim pwrpas trio cymryd y castell trwy rym arfau'n syth,' meddai Glyndŵr. 'Byddai angen deg gwaith gymaint o filwyr ag sydd ganddon ni i wneud hynny. Rhaid i ni gael rhywun ar y tu mewn i agor y drws i ni a thynnu sylw'r milwyr. Gallwn ni ymosod drwy'r drws blaen wedyn.'

'Ie, ond sut wnawn ni hynny?' gofynnodd Owain. 'Y drws blaen yw'r unig ffordd i mewn, hyd y gwela i.'

'Paid â bod mor siŵr. Mae 'na ffordd arall, ffordd gudd, a dydy'r gelyn ddim yn gwybod amdani.'

'Ble?' holodd Owain yn llawn cyffro.

'Weli di'r graig o dan y castell?'

'Gwela.'

'Wel, mae 'na ogof ar lethrau'r dyffryn

uwchben y graig yna.' Gostyngodd llais Glyndŵr. 'Efo help ein ffrindiau ni fan hyn,' meddai gan wenu ar Rhodri a Gwenllïan, 'mae 'na orchudd dros ddrws yr ogof sy'n edrych fel craig. Yng nghefn yr ogof mae 'na risiau serth a chul yn troelli i lawr i grombil y ddaear a thwnnel cwbwl syth yn arwain at seiliau'r castell. Pe bai rhywun yn medru mynd i mewn i'r castell, codi twrw, ac agor y giât a'r drws i ni, byddai'n bosib i ni gipio'r castell.'

'Ond sut ydych chi'n gwybod bod y twnnel yno o hyd?'

'Paid ti â phoeni am hynny,' meddai Glyndŵr eto, gan daflu cipolwg ar Rhodri. 'Gei di weld.'

'Pam na allwn ni i gyd fynd drwy'r twnnel?'

'Oherwydd ei fod mor gul, byddai'r castell cyfan yn gwybod ein bod ni yno sbel cyn i ni gyrraedd,' eglurodd Rhodri. 'Twnnel ar gyfer ymosodiad tawel gan ddau neu dri ydy hwn, nid twnnel addas i fyddin.'

Meddyliodd Owain am Geth a Marian unwaith eto, yn llwglyd ac yn crynu yng nghornel rhyw gell.

'Dwi isie mynd i'r twnnel, felly,' cyhoeddodd Owain, yn blwmp ac yn blaen. 'Fy mai i yw hyn i gyd, a dwi isie helpu.'

'Na,' meddai Gwenllïan yn syth. 'Dwyt ti ddim i fynd yn agos i'r lle. Plentyn wyt ti, nid milwr. Mae'n llawer rhy beryglus i ti.'

'Does dim ofn arna i!'

'Nid dyna'r pwynt . . .' Roedd llais Gwenllïan yn dechrau codi.

'Hisht!' hisiodd Rhodri. 'Wyt ti am i'r Rhwygwyr glywed?!'

'Nid lle Owain ydy brwydro, Rhodri.'

'Dwi ddim mor siŵr.'

'Beth?' Roedd llais Gwenllïan mor uchel y tro hwn nes achosi i haid o adar godi o goeden gyfagos.

'Hisht!'

'Mae'n ddrwg gen i,' sibrydodd Gwenllïan, 'ond beth wyt ti'n feddwl?'

'Meddwl ydw i, os ydy Owain eisiau helpu, mi ddylen ni adael iddo fo.'

'Wyt ti'n awgrymu y dylen ni anfon Owain i mewn i gastell Treffin ar ei ben ei hun?'

'Nac ydw, wrth gwrs. Mi awn ni efo fo, a chodi twrw wrth i Owain ryddhau'i ffrindia. A dwi'n siŵr na fydden ni'n medru rhwystro Crach rhag ei ddilyn o, beth bynnag.'

Cododd Crach ei ben a gwneud sŵn bach yng nghefn ei wddf. Doedd e ddim yn hoffi'r dadlau yma, a doedd Gwenllïan ddim yn edrych yn hapus chwaith.

'Gwych!' meddai Glyndŵr yn dawel. 'Gall Owain, Rhodri a Gwenllïan fynd i'r ogof, a dilyn y twnnel i'r castell. Unwaith y byddwch chi i mewn, gallwch chi ryddhau'r carcharorion. Rhodri a Gwenllïan,' edrychodd Glyndŵr arnyn nhw gyda balchder ac ychydig o bryder, 'dechreuwch godi twrw. Owain, cer di at y drws a'i agor. Pan glywn ni'r twrw, mi ddown ni yno. Gwranda, Owain,' ychwanegodd, 'mae hyn yn bwysig. Unwaith y byddwn ni i mewn, a'r frwydr wedi cychwyn, dwi am i ti a'r ddau blentyn arall ddod allan o'r castell. Peidiwch aros am eiliad. Dewch yn ôl fan hyn. Unwaith y byddwn ni wedi cipio'r castell, mi ddown ni 'nôl a mynd â chi at y rhwyg er mwyn i chi gael mynd adre.'

Ddywedodd Owain yr un gair.

'Wyt ti'n deall?' holodd Glyndŵr yn gadarn.

'Ydw,' atebodd Owain.

'Da iawn. Pob lwc. A diolch i chi. Bydd y beirdd yn canu cerddi gwych am heno, gewch chi weld. Ddweda i wrth y gweddill.' Trodd tuag at y criw o filwyr oedd yn aros yn gwbwl dawel y tu ôl iddyn nhw, eu dillad tywyll yn un â'r goedwig, a golau'r lleuad yn disgleirio ar eu helmedau.

*　　*　　*

Cripiodd Owain, Rhodri a Gwenllïan drwy'r goedwig, a Crach yn sleifio wrth eu traed. Roedd y lleuad yn taflu'i golau fan hyn a fan draw, a'r cysgodion yn symud yn ôl a 'mlaen wrth i'r gwynt chwythu drwy'r canghennau. Roedden nhw'n dringo'n araf i fyny'r llethr ac i ffwrdd o gyfeiriad y castell. Roedd Owain yn cael trafferth mawr i reoli'i anadl, a churai ei galon yn galed mewn cyffro ac ofn. Ddeuddydd yn ôl, roedd yn gwrando ar Hartley-Smythe yn mwydro am frenhinoedd Lloegr, ac yn cael trafferth cadw ar ddihun. Heno, roedd yn cropian drwy goedwig ac yn paratoi i ymosod ar gastell fel rhan o fyddin Owain Glyndŵr, ar ôl teithio 'nôl i'r gorffennol. Roedd y peth yn anghredadwy!

Edrychodd ar Gwenllïan. Roedd y gwynt yn goglais ei gwallt du, ac roedd golwg benderfynol ar ei hwyneb hardd. Cadwai un llaw ar ei chleddyf. Edrychodd wedyn ar Rhodri. Roedd hwnnw wedi tynnu'i gleddyf yntau o'i wregys ac yn ei ddal o'i flaen, ei lygaid yn fflachio yn y tywyllwch.

'Dyma ni,' meddai Rhodri o'r diwedd, gan syllu ar ddarn o glogwyn llyfn o'i flaen. 'Hon yw'r ogof.'

Edrychodd Owain o'i flaen a gweld dim byd ond craig. Cofiodd fod Glyndŵr wedi dweud bod yr ogof wedi'i chuddio gan y Pwythwyr.

'Sut gallwn ni ei hagor hi?' gofynnodd.

'Does gen i ddim syniad,' atebodd Rhodri.

'Beth!?' roedd llais Owain wedi codi ychydig.

'Hissssht!' meddai Rhodri a Gwenllïan gyda'i gilydd.

Roedd Owain wedi dychmygu y byddai rhyw dechnoleg gymhleth o'r dyfodol yn gwarchod yr ogof. Rhyw orchudd trydanol, efallai, nad oedd yr oes wedi'i ddarganfod eto. 'Mae'n rhaid bod y Pwythwyr wedi gallu defnyddio rhyw dechnoleg o'r dyfodol, gan eu bod nhw'n medru teithio yno i'w nôl e,' mentrodd Owain.

'Na, Owain. Tasen ni wedi gwneud hynny, byddai modd i'r Rhwygwyr ei ddarganfod hefyd. Cofia eu bod hwythau'n medru teithio 'nôl a 'mlaen i'r dyfodol. Roedd yn rhaid i ni guddio'r ogof er mwyn gwneud yn siŵr nad oedd y Rhwygwyr yn gallu dod o hyd iddi. Mae'r un peth yn wir am nifer o bethau eraill ar draws y wlad.'

'Ond sut mae'n bosib cuddio popeth?'

'Barddoniaeth,' meddai Rhodri gan wenu.

'Sut yn y byd mae barddoniaeth yn gallu cuddio'r ogof?' Roedd Owain yn dechrau meddwl nad oedden nhw o ddifrif am warchod yr ogof yma.

'Wel, nid barddoniaeth yn hollol. Mae'r pos ar ffurf rhigwm.'

'Ond pam?'

'Er bod y Rhwygwyr yn medru teithio 'nôl mewn amser ac yn gallu cael blas ar Gymru ar hyd yr oesoedd, dydyn nhw ddim wedi dangos unrhyw ddiddordeb mewn barddoniaeth. Ac felly, rydyn ni'n defnyddio barddoniaeth er mwyn cuddio pethau pwysig.'

'Iawn . . . ond sut . . .'

'Gwylia hyn.' Trodd Rhodri at y graig a gosod ei ddwylo arni gan eu symud yn ôl a 'mlaen drosti. 'Rhyw dro, roedd Pwythwr arall wedi creu hyn. Mae'n rhaid i mi ddod o hyd i'r pos a fydd yn agor yr ogof, a'i ddatrys. Rydyn ni'n ffodus ein bod hi'n noson olau leuad.'

Yna, cafodd Owain sioc. Wrth i ddwylo Rhodri symud yn ôl a 'mlaen dros wyneb y graig, ymddangosodd geiriau arni. Yng ngolau'r lleuad, gwelodd lythrennau hardd wedi'u cerfio i mewn i'r garreg arw. Plygodd Rhodri i lawr a symud ei ddwylo dros waelod y graig cyn camu'n ôl.

Roedd pedair llinell yno.

Rwy'n cwympo er mwyn codi,
Mor fach ond eto'n fawr,
Rwy'n tyfu ar ôl hollti,
Yn gorrach yna'n gawr.

Edrychodd Owain yn syn ar y geiriau. 'Be sy'n rhaid i ni wneud?' holodd.

'Datrys y pos,' atebodd Gwenllïan. 'Mae'r llinellau'n disgrifio rhywbeth a rhaid i ni ddyfalu beth ydy o.'

Craffodd Owain ar y llinellau gan geisio gwneud synnwyr ohonyn nhw. Beth yn y byd sy'n cwympo er mwyn codi, ac yn fach ond yn fawr yr un pryd? Beth yn y byd fase'n tyfu ar ôl hollti? Meddyliodd Owain am bob math o bethau.

Edrychodd yn wyllt ar Rhodri a Gwenllïan. Roedd y ddau'n gwenu eto. 'Ydych chi'n gwybod yr ateb?' holodd.

'Wrth gwrs. Wyt ti?' gofynnodd Rhodri.

'Paid â phoeni, Owain,' meddai Gwenllïan,

'Mae ganddon ni flynyddoedd o brofiad o wneud hyn . . .'

Trodd Owain yn ôl at y graig yn syth, yn benderfynol o ddatrys y pos.

'Mae wy yn cwympo er mwyn codi ac yn hollti er mwyn tyfu. Neu beth am hedyn?'

'Rho gynnig arni!' meddai Gwenllïan.

'Beth?'

'Rho dy law ar y graig a dweud y gair.'

Cerddodd Owain yn araf at y graig ac estyn ei law tuag ati. Wrth gyffwrdd â hi, synnodd wrth deimlo gwres yn tasgu ohoni. Er gwaethaf popeth a welsai yn ystod y deuddydd diwethaf, roedd yn teimlo braidd yn wirion wrth bwyso ar ddarn o graig a dweud y gair 'wy'.

Ond ddigwyddodd ddim byd. Teimlai Owain yn siomedig.

'Hedyn!'

Dim byd eto. Meddyliodd yn galed am funud neu ddwy, yna neidiodd syniad i'w ben fel fflach. 'Mesen!'

Am eiliad, ddigwyddodd ddim byd. Meddyliodd Owain ei fod yn anghywir eto. Ond, yn sydyn, gwelodd y geiriau'n diflannu a chlywodd sŵn craig yn crafu yn erbyn craig arall, a darn mawr o wyneb y graig yn symud i'r naill ochr.

Trodd Owain yn ôl at Rhodri a Gwenllïan a gweld eu bod yn gwenu'n llydan.

'Da iawn, Owain!' meddai Gwenllïan.

'Da fachgen,' ategodd Rhodri.

Llyfodd Crach law Owain er mwyn dangos ei fod yntau hefyd yn falch ohono.

Aeth Rhodri yn ei flaen. 'Rŵan mae'r gwaith anodd yn dechrau.' Roedd golwg bryderus ar ei wyneb. 'Gwranda, Owain. Cyn i ti ddod i mewn i'r twnnel yma efo ni, rhaid i ti fod yn siŵr dy fod ti wirioneddol eisiau gwneud.'

'Dwi'n siŵr. Dwi isie helpu i achub Geth a Marian – ac aros i'ch helpu chi wedyn, hefyd.'

'Gawn ni weld am hynny,' atebodd Rhodri gan edrych ar Gwenllïan. 'Gwranda,' meddai eto, yn pwyso a mesur ei eiriau'n ofalus. 'Does wybod be welwn ni yn y castell 'na. Does wybod be wnaiff y Rhwygwyr pan ddôn nhw o hyd i ni. Mae 'na hanesion amdanyn nhw'n gwneud pob math o bethau erchyll. Ond mae'n bosib y bydd 'na bethau eraill i mewn yna hefyd.'

'Fel beth?'

'Dwi ddim yn gwybod, ond dwi am i ti fod yn barod, dyna i gyd.'

'Peidiwch â phoeni,' meddai Owain gan wenu.

'Ar ôl y diwrnodau diwetha 'ma, dwi'n credu y galla i wynebu unrhyw beth! Awn ni?'

Mentrodd y tri i mewn i'r ogof a Crach yn dynn ar eu sodlau. Roedd digon o le i Owain a Gwenllïan allu sefyll yn hawdd, ond roedd yn rhaid i Rhodri wyro ychydig. Am y llathenni cyntaf, roedd golau'r lleuad yn galluogi'r tri i weld rhywfaint o'r ogof. Dechreuodd Rhodri edrych o'i gwmpas, a chydiodd mewn dau neu dri darn o bren oddi ar y llawr. Wrth iddo godi'r prennau i'r golau, gwelodd Owain nad darnau o bren arferol oedden nhw, ond ffaglau. Trodd Rhodri ei gefn a thynnu rhywbeth bychan o'i wregys. Mewn eiliad, roedd y ffaglau'n llosgi'n braf, ac yn taflu cysgodion dros y waliau.

Gwelodd Owain fod yr ogof yn dipyn lletach nag yr oedd wedi'i feddwl, a'r waliau'n llyfn ac yn sgleiniog. Yn y corneli pellaf roedd pentyrrau o gleddyfau, bwâu, saethau, ac arfau o gyfnodau eraill. Roedd yna bentyrrau o arian hefyd, ac aeth Owain draw i edrych drwyddyn nhw. Gallai weld bod arian o bob math o gyfnodau yno – yn bapurau punt mawr, a phunnoedd o'r unfed ganrif ar hugain, cardiau plastig aur ac arian, a darnau o ryw fath o ddeunydd nad oedd Owain yn gyfarwydd ag e.

'Storfa i'r Pwythwyr ydy hon,' meddai Rhodri, gan gydio mewn ambell saeth a dagr o'r pentwr, yn ogystal â dyrnaid o ddarnau arian. 'Rhag ofn y bydd Pwythwr yn cyrraedd yma mewn rhyw fath o drafferth neu mewn unrhyw oes, mae 'na arfau ac arian yn barod ar eu cyfer nhw.'

Roedd Gwenllïan wrthi'n chwilio cefn yr ogof â ffagl yn ei llaw. 'Dyma'r grisiau, dewch!' meddai'n gynhyrfus.

Rhuthrodd Owain draw ati, a gweld ei bod eisoes yn troedio i lawr y grisiau serth. Dilynodd hi, ac yn fuan gallai glywed sŵn trwm traed Rhodri'n ei ddilyn. Roedd y grisiau wedi'u cerfio i mewn i'r graig, pob un o ddyfnder gwahanol a phob un yn llithrig. Ar ben hynny, roedd y grisiau'n troelli wrth ddisgyn, ac ar ôl ychydig funudau roedd pen Owain yn troelli hefyd. Clywai Rhodri'n grwgnach y tu ôl iddo, ond doedd dim golwg o Gwenllïan.

Ar ôl cyfnod a deimlai fel oriau, cyrhaeddodd Owain y gwaelod. Baglodd i un ochr gan ddal y wal er mwyn gallu sefyll ar ei draed. Yno, roedd Gwenllïan eisoes yn edrych i lawr y twnnel cul, tywyll a ymestynnai o'u blaenau. Cyrhaeddodd Rhodri'r gwaelod gan duchan a chwyno, gyda

Crach yn ei ddilyn yn edrych yr un mor fodlon ag arfer.

'Hisssht!' meddai Gwenllïan, wrth i rwgnach Rhodri atseinio drwy'r twnnel. 'Dewch!'

Arweiniodd Gwenllïan nhw at geg y twnnel. Unwaith eto, bu'n rhaid i Rhodri wyro ychydig. Fel y grisiau, roedd y twnnel hefyd wedi'i gerfio o'r graig, ac roedd y to'n arw ac yn llaith. Roedd yna arwyddion bod pobl eraill wedi'i ddefnyddio ar ryw adeg, serch hynny. Yma ac acw roedd yna ffaglau yn y waliau, ac ambell saeth a darn o raff wedi eu gadael ar ôl gan rywun. Roedd ffaglau Gwenllïan a Rhodri'n dal i daflu cysgodion rhyfedd dros y waliau.

Yn sydyn, safodd Gwenllïan yn stond.

'Be sy?' gofynnodd Rhodri.

'Dacw ben draw'r twnnel,' atebodd Gwenllïan.

'Sut gwyddost ti hynny?'

'Edrycha i fyny.'

Gwelodd Owain fod yna hen ysgol bren a rhaff yn ymestyn yn syth i fyny at do'r ogof.

'I fyny â ni te,' meddai Rhodri'n frwd. 'Unwaith y cyrhaeddwn ni'r to, does wybod beth fydd yno. Os bydd raid i ni wahanu, dilynwch y cynllun. Peidiwch ag aros am unrhywun arall. Ewch 'mlaen efo'r gwaith.'

127

'Beth am Crach?' holodd Owain yn sydyn. 'All e ddim dringo!'

'Mi wna i gario Crach ar 'y nghefn os bydd raid,' atebodd Rhodri.

Neidiodd Gwenllïan i fyny, gafael yn y rhaff a dechrau dringo. Cydiodd Rhodri yn Owain a'i godi fel ei fod yntau'n gallu cyrraedd y rhaff. Dechreuodd Owain ddringo hefyd. Erbyn hyn, roedd Gwenllïan wedi dechrau dringo'r ysgol a oedd yn sownd i'r wal, a gwnaeth Owain yr un peth. Roedd y pren yn hen ac yn llaith, a phlygai ambell styllen o dan ei bwysau. Daliodd i fynd, er bod ei freichiau'n dechrau cwyno dan y straen. Roedd Gwenllïan bellach wedi cyrraedd y to ac yn edrych yn ôl i lawr y twll. Mae'n rhaid bod man gwastad o ryw fath yno, meddyliodd Owain. Plygodd ambell styllen arall dan ei bwysau. Cyrhaeddodd ris ucha'r ysgol ac edrych o'i gwmpas. Roedd digon o le iddyn nhw sefyll. Dringodd dros yr ochr a gorwedd yn fflat ar y llawr caled. Daliodd Gwenllïan i edrych dros yr ochr gan aros am Rhodri.

Yn sydyn, daeth gwên lydan, flewog, Crach i'r golwg a neidiodd dros ben Gwenllïan gan anelu at Owain. Daeth wyneb Rhodri i'r golwg wedyn, yntau'n gwenu. Ond yn sydyn, clywodd y tri sŵn erchyll – pren yn hollti. Diflannodd y wên yn syth a thaflodd Rhodri ei freichiau dros ochr y twll i geisio achub ei hun. Gafaelodd Gwenllïan mewn un fraich a dechrau tynnu. Gafaelodd Owain yn y llall, a dechreuodd ei gorff sgrechian drwyddo dan y straen. Doedd e ddim yn llwyddo i dynnu Rhodri i fyny, ond doedd e ddim yn llithro 'mlaen chwaith. O dipyn i beth, dechreuodd Gwenllïan symud am yn ôl, ac o'r diwedd llwyddodd Rhodri i daflu'i goes dros ochr y twll i'r man gwastad. Gorweddodd y tri yno am rai munudau, yn anadlu'n ddwfn.

'Roedd hynna'n agos!' dywedodd Rhodri ymhen tipyn.

15

Chwisgi a Thân

Uwch ei ben, yn nho isel yr ogof, gallai Owain weld drws pren. Cododd ar ei draed a mynd draw ato. Dilynodd Rhodri a Gwenllïan ef gan sefyll ac edrych i fyny.

'Rŵan ta,' meddai Rhodri, a'r lliw bellach yn ôl yn ei wyneb, 'mi agora i'r drws yma'n araf, araf, ac edrych i weld be sy uwchben. Os ydy hi'n dawel, mi fedrwn ni fentro mynd amdani.'

Estynnodd Rhodri i fyny, ac agor y drws y mymryn lleiaf. Sbeciodd drwy'r hollt bach.

'Mae'n edrych fel rhyw fath o storfa. Dewch.'

Gwthiodd Rhodri y drws i fyny'n dawel a dringo drwyddo. Cydiodd ym mreichiau Owain yn gyntaf a'i lusgo i fyny. Yna hedfanodd Crach drwy'r twll ar ôl cael ei daflu gan Gwenllïan, ac yn olaf, dringodd hithau i fyny. Swatiodd y pedwar yn isel gan edrych o'u cwmpas. Roedden nhw'n amlwg mewn storfa o ryw fath, gyda chasgenni mawr wedi'u gosod ar ben ei gilydd.

Roedd sachau llawn yn pwyso yn erbyn y waliau hefyd, a haen o lwch yn drwch dros bopeth.

Aeth Rhodri at un o'r casgenni a'i hagor, gan ogleuo'r cynnwys. 'Chwisgi,' meddai'n dawel. 'Gwenllïan, helpa fi i dywallt hwn.'

Edrychodd Owain arnyn nhw'n syn. Beth nawr? holodd ei hun.

Mor dawel â phosibl, aeth Rhodri a Gwenllïan ati i agor bob casgen ac arllwys y chwisgi ar hyd llawr y storfa lychlyd. Llifodd yr hylif euraid i bob twll a chornel, gan greu sianeli bychain yn y llwch. Aeth y pedwar at ddrws y storfa, gan ofalu peidio â chamu yn yr hylif. Estynnodd Rhodri i'w boced a thynnu matsien allan a'i chynnau.

'Waeth i ni ddechrau codi twrw ddim.' Taflodd y fatsien i ganol y chwisgi. Cydiodd y fflam yn yr hylif a chyn pen dim roedd y fflamau'n lledu.

'Dewch, o 'ma ar unwaith,' meddai Gwenllïan, ei chleddyf yn ei llaw.

Rhedodd y tri nerth eu traed ar hyd coridor hir. Doedd dim golwg o unrhywun yn unman.

'Ble . . . ma' . . . pawb?' holodd Owain wrth redeg.

'Gwledda, mwy na thebyg. Gobeithio na wnân nhw sylwi ar y tân am dipyn,' atebodd Gwenllïan.

Cyrhaeddon nhw ddrws cilagored, ac edrychodd Gwenllïan drwyddo. 'Owain, mae 'na risia yr ochr draw i'r drws yma, a giât wedi'i chloi ar eu traws. Mae'n siŵr gen i mai dyna lle mae'r celloedd. Dwi ddim yn clywed dim byd yr ochr draw i'r drws, felly pan awn ni allan mi wna i dorri'r clo. Rhed di i lawr y grisia i chwilio am dy ffrindia. Awn ninna'n ein blaena i godi twrw. Unwaith y doi di o hyd iddyn nhw, ewch yn syth at y giât fawr a'i hagor.'

Llyncodd Owain ei boer. 'Iawn.'

Rhoddodd Gwenllïan ei braich am ei ysgwyddau. 'Paid â phoeni dim. Welwn ni di y tu allan. Barod?'

Nodiodd Owain.

'Iawn, dewch.'

Agorodd Gwenllïan y drws, camu drwyddo a rhuthro at y giât. Holltodd y clo â'i chleddyf ac agorodd y giât am yn ôl.

'Dos, Owain! Crach, aros. Fyddwn ni dy angen di, boi.'

Rhedodd Owain drwy'r drws ac i lawr y grisiau cadarn. Yn wahanol i risiau troellog, llithrig yr ogof, roedd y rhain yn llydan ac yn wastad. Roedd calon Owain yn curo mor uchel nes ei fod yn siŵr bod y sŵn yn atseinio oddi ar y waliau. Roedd e ar ei ben ei hun eto, a Geth a Marian yn dibynnu'n llwyr arno. Roedd llwyddiant ymosodiad Glyndŵr yn dibynnu arno fe hefyd. Allai Owain ddim cuddio'r ffaith rhagor – roedd ofn arno. Meddyliodd beth allai ddigwydd petai'r criw yn cael eu dal. A fyddai'n gweld 2010 fyth eto? A fyddai ei Gymru e yn dal yr un fath – hyd yn oed os llwyddai i deithio 'nôl yno?

Ceisiodd ganolbwyntio'i sylw ar ble'r oedd e'n mynd. Roedd golau'r stafell uwchben wedi pylu, a dim ond ambell ffagl fach oedd yn goleuo'r ffordd nawr. Roedd yn cael trafferth i weld y grisiau, felly arafodd ei gam ychydig. Wrth iddo ddisgyn yr ychydig risiau olaf, diolchodd ei fod wedi gorfod arafu. Pe bai wedi dal i redeg, byddai wedi taro'n syth i mewn i filwr a oedd yn rhochian cysgu mewn cadair o'i flaen. Yn ei law, ac o gwmpas ei draed, roedd sawl potel wag. Gwisgai wisg Rhwygwr, tebyg i'r un a welodd Owain y noson cynt, ond roedd ei helmed a'i gleddyf a chylch o allweddi mawr ar lawr wrth ei draed.

'Hei!'

Trodd Owain o'i gwmpas wrth glywed llais cyfarwydd, a dyna lle'r oedd gwallt fflamgoch

Geth fel ffagl o dân y tu ôl i fariau mawr haearn. Roedd gwên ar ei wyneb o hyd, ond edrychai'n llwyd a blinedig. Roedd Marian y tu ôl iddo, ei gwallt yn flêr a'i hwyneb hithau'n llwyd. Serch hynny, daeth sbarc i'w llygaid wrth weld Owain.

'Hisssht!' hisiodd Owain wrth i'r Rhwygwr meddw rochian yn uchel. Cydiodd mewn ffagl oddi ar y wal a chripian 'mlaen ar flaenau'i draed. Plygodd i lawr a chodi'r cylch allweddi'n ofalus iawn. Gwingodd wrth i'r darnau metel daro yn erbyn ei gilydd. Cripiodd draw at gell Geth a Marian.

'Shwmai, Ows, byt! Diawcs, be wyt ti 'di bod yn neud? Ma' golwg ryfedd arnat ti!' sibrydodd Geth. Doedd Owain ddim wedi edrych mewn drych ers dyddiau, felly mae'n siŵr fod Geth yn dweud y gwir. 'Shwd wnest ti gyrraedd 'ma?'

'Sdim amser i esbonio nawr, Geth. Gewch chi'r hanes wedyn. Rhaid i ni fynd. Ydych chi'n ddigon iach i ddianc?'

'Ydyn,' meddai Marian mewn llais gwan. Swniai fel petai hi wedi cael hen ddigon ar yr antur yma.

'Iawn. Pa allwedd sy'n agor y drws?'

'Yr un fwya rhydlyd fan'na.'

Cydiodd Owain yn yr allwedd a'i gwthio i

dwll y clo. Ceisiodd ei throi, ond methodd. Byddai angen bôn braich i agor y drws, roedd hynny'n amlwg. Ceisiodd eto. Siglodd y metel gan wneud sŵn uwch fyth. Gwingodd Owain wrth i'r Rhwygwr chwyrnu'n uwch.

'Dere, Ows!'

Triodd eto, â'i holl nerth. Ysgydwodd yr allweddi yn erbyn ei gilydd. Gyda sŵn uchel a atseiniodd oddi ar y waliau fel storm fawr, agorodd y clo o'r diwedd. Cydiodd Geth yn y drws a'i wthio ar agor cyn rhuthro drwyddo a thynnu Marian ar ei ôl. Ond yn sydyn, safodd yn stond mewn arswyd. Yno, o'i flaen, roedd y Rhwygwr. Roedd yr holl sŵn wedi ei ddeffro o'i gwsg meddw. Agorodd hwnnw ei geg led y pen.

'HEEEEI!' rhuodd.

Cyn i Owain allu gwneud dim, na meddwl am ddefnyddio'i gleddyf hyd yn oed, rhuthrodd Geth heibio iddo gan gydio yn y ffagl oedd yn llaw ei ffrind a'i ddefnyddio i daro'r Rhwygwr ar ei ben.

'Hmmfff!' ebychodd y Rhwygwr, cyn disgyn yn ôl i'r llawr. Er mawr syndod i bawb, o fewn eiliad neu ddwy, roedd yn chwyrnu eto.

'Helpa fi i symud hwn, Ows,' meddai Geth gan fynd at y Rhwygwr a chydio yn ei goesau.

Aeth Owain i'w helpu. 'Newn ni gloi'r bwbach yn y gell, er mwyn iddo fe gael blas ar fod yn garcharor am unwaith. All e ddim dod ar ein hole ni wedyn!'

Llusgodd y ddau ffrind y Rhwygwr i mewn i'r gell a chau'r drws yn glep arno. Cydiodd Geth yn yr allwedd a'i gloi i mewn.

Edrychodd y tri ar ei gilydd a gwenu'n betrus.

'Chi'n iawn, de?' gofynnodd Owain.

'Wedi bod yn waeth, Ows bach! Beth ti'n 'weud, Maz?'

'Hmmm, dwi ddim yn siŵr pryd, chwaith. Ond ydyn, ry'n ni'n iawn, diolch. Dyw'r bwystfilod 'ma ddim wedi rhoi rhyw lawer i ni fwyta, ond ar wahân i hynny . . .'

'Daeth y prif foi – Rhygyfarch – draw i'n holi ni'n dwll ddoe. Pwy yden ni, pam ryden ni 'ma ac yn y bla'n. Wedes i'n syth wrtho fe – sdim clem 'da fi ble y'n ni! Ro'dd hi'n dywyll fel bola buwch pan gyrhaeddon ni 'ma. Ble y'n ni, Ows?'

'Castell Treffin yw enw'r lle . . . ond mae gormod i'w esbonio nawr. Rhaid i ni gyrraedd giât flaen y castell a'i hagor hi fel bod Glyndŵr a'i filwyr yn gallu dod i mewn.'

Edrychodd Marian arno fel petai wedi dechrau colli'i bwyll.

''Na i esbonio wedyn!' meddai Owain. 'Byddwch yn ofalus wrth i ni fynd. Mae Rhodri a Gwenllïan – ffrindie newydd eraill – ar ben y grisie. Mae'n siŵr 'u bod nhw wedi gorfod dechrau ymladd erbyn nawr . . . a ry'n ni wedi cynnau tân i lawr yn y storfa. Bydd hi'n beryglus lan fan'na.'

Safodd Marian yn stond. 'Dwi newydd gofio – ma' Mouse lan llofft! Nath e'n dilyn ni! Dyw e ddim yn cael amser da, cofia! Ma' nhw 'di bod yn 'i orfodi fe i weini arnyn nhw!'

'Dwi'n gwybod, ond dwi ddim yn siŵr beth i neud. Newn ni ei achub e hefyd os gallwn ni!'

Cydiodd Geth yng nghleddyf y Rhwygwr, a'i ddal o'i flaen. Tynnodd Owain ei gleddyf yntau o'i wregys.

'Iawn, Maz,' meddai Geth, 'aros tu ôl i fi.'

'Fydda i'n iawn – dewch 'te!' Roedd golwg benderfynol ar ei hwyneb a'r lliw wedi dechrau goleuo'i bochau unwaith eto.

Dechreuodd y tri ddringo'r grisiau – Owain yn arwain, Geth y tu ôl iddo a Marian yn dilyn. Wrth iddynt ddringo, roedd y golau'n cryfhau. Cyrhaeddodd Owain ben y grisiau, ac aros. Edrychodd allan. Roedd mwg trwchus yn llenwi'r lle. Gwyddai nad oedd pwynt mynd yn ôl i'r cyfeiriad y daethon nhw ohono, felly trodd a dechrau cerdded ar hyd y ffordd arall. Roedd hon yn codi'n araf, a nifer o risiau bychain o'u blaenau. Dechreuodd y tri redeg. Roedd sŵn gweiddi a chyfarth a chrafu metel ar fetel i'w clywed yn glir. Yna, gwelodd Owain ddrws ar y dde oedd led y pen ar agor. Gyferbyn â'r drws yma roedd drws mawr y castell. Rhedodd ato. Wrth basio, taflodd gip drwy'r drws a oedd led y pen ar agor.

Stopiodd yn stond. Roedd y stafell yma'n llanast llwyr. Gallai weld ei bod yn llydan a braf fel arfer, gyda nenfwd uchel a byrddau hir ynddi. Roedd sawl tân bach yn fflamio yma a thraw a'r mwg yn llenwi'r lle. Yno hefyd roedd criw mawr o Rwygwyr yn eu gwisgoedd duon, ac yn eu canol safai Rhodri a Gwenllïan gefn wrth gefn yn defnyddio'u cleddyfau i ymladd. Troellai'r ddau, gan ymladd sawl Rhwygwr ar y tro. Roedd wyneb Rhodri'n dangos ei boen yn glir, a chredai Owain iddo weld rhwyg yn ei wisg o gwmpas ei ysgwydd. Roedd Gwenllïan hefyd yn cael trafferth i ddelio â'r holl Rwygwyr roedd hi'n eu hymladd. Wrth eu traed, roedd Crach yn tasgu ac yn neidio gan sgyrnygu dannedd a chnoi pob coes a braich y gallai gael gafael arnyn nhw.

Chwifiai'r Rhwygwyr eu cleddyfau tuag ato'n ddiamynedd.

'Geth! Marian! Mae'n rhaid i ni agor y drws yma! All Rhodri a Gwenllïan ddim ymladd y rheina i gyd!' gwaeddodd Owain.

'Marian! Cadwa di olwg ar y drws yna i 'neud yn siŵr nad oes neb yn dod,' meddai Geth.

'Iawn!'

Edrychodd Owain a Geth ar y drws gan geisio dyfalu sut yn y byd i'w agor. Roedd cloeon a bolltau, rhaffau a chadwyn yn ei gloi, ac roedd yn anodd penderfynu ble i ddechrau. Tynnodd Geth y cylch allweddi o'i boced a'i daflu at Owain.

'Dechreua di ar y cloeon 'na!'

Aeth Geth ati i geisio torri'r rhaffau trwchus â'r cleddyf. Roedd Owain yn cael yr un drafferth gyda'r cloeon yma ag a gafodd gyda chlo'r gell. Roedd angen ymdrech enfawr i agor pob clo. O'r diwedd, agorodd un yn swnllyd. Roedd Geth yn dechrau colli'i wynt wrth chwifio'r cleddyf trwm.

'Geth! Owain!' gwaeddodd Marian y tu ôl iddyn nhw, ei llais yn llawn panig.

Trodd y ddau yn ôl a gweld menyw mewn gwisg Rhwygwr yn dod tuag atyn nhw. Roedd ganddi wallt brown, byr a llygaid glas, glas. Doedd dim golwg filain ar ei hwyneb, na golwg flin hyd yn oed, dim ond golwg o ofn rhyfedd.

'Neidiodd Geth ac Owain o flaen Marian. 'Sefwch 'nôl!' gwaeddodd Geth, gan chwifio'r cleddyf.

Roedd y fenyw wedi cau'r drws y tu ôl iddi gan adael y frwydr. Ond, yn sydyn, agorodd y drws unwaith eto, a daeth dyn milain yr olwg drwyddo gan ei gau ar ei ôl.

'Aha, Non! Rwyt ti wedi dod o hyd iddyn nhw! Da iawn! Gad i ni roi diwedd ar hyn ar unwaith.' Tynnodd gleddyf mawr o'i wregys a rhuthro i gyfeiriad Geth, gan wawdio, 'Wyt ti'n gwybod sut i ddefnyddio hwnna, Cochyn?' Cerddodd heibio i Non, a oedd yn dal yn edrych yn bryderus, gan sefyll rhyngddi hi a'r plant. Cododd y dyn y cleddyf a pharatoi i'w chwifio. Disgwyliodd y plant am yr ergyd ond, yn sydyn, rhuthrodd Non tuag ato, gafael ynddo, a'i wthio o'i blaen yn syth i mewn i wal y castell. Trawodd y dyn y wal gyda sŵn afiach. Disgynnodd yn swp ar lawr, yn anymwybodol. Edrychodd y tri arall arni'n syn. Roedd yr ofn wedi diflannu o'i hwyneb wrth iddi edrych ar Owain.

'Owain?' gofynnodd. Nodiodd yntau.

140

Rhuthrodd Non ato a thaflu'i breichiau o gwmpas ei wddf. Teimlodd Owain ddagrau ar ei ysgwydd. Edrychodd i wyneb Non, gan sylwi ar ei llygaid glas, glas. Dechreuodd yntau grynu drwyddo. Doedd e ddim yn gallu credu'r peth.

'Mam . . ?'

'Ie, Owain.'

'Doedd dim syniad gan Owain beth i'w ddweud. Roedd amser fel petai wedi aros yn llonydd. Gwenodd Non arno a'i wasgu ati unwaith eto. Agorodd Marian ei cheg yn llydan mewn syndod, a gadawodd Geth i'r cleddyf gwympo'n swnllyd ar y llawr cerrig.

Roedd teimladau Owain yn chwyrlïo o gwmpas ei ben. Roedd wedi breuddwydio am y diwrnod hwn ers blynyddoedd. Ar un llaw, roedd yn anhygoel o hapus. Doedd dim amheuaeth am y peth, roedd e'n cael ymdeimlad o berthyn am y tro cyntaf yn ei fywyd. Ond roedd holl ddigwyddiadau'r diwrnodau diwethaf yn dechrau effeithio arno, a'r dagrau'n bygwth . . .

'Ond sut . . ?'

'Does dim llawer o amser gyda ni. Dwi'n un o'r Pwythwyr, ond dwi wedi bod yn ysbïo ar y Rhwygwyr ers blynyddoedd. Dyna ble dwi wedi bod. Fi siaradodd â Ffinnant ddoe, felly ro'n i'n eich disgwyl chi. Ble mae Glyndŵr?'

'Yn disgwyl tu allan! Rhaid i ni agor y drws!' meddai Owain gan ddeffro'n sydyn.

'Iawn!' Cydiodd Non yn yr allweddi a dechrau agor y cloeon a datod clymau'r rhaffau. Yn olaf, tynnodd y gadwyn yn rhydd a chwympodd honno i'r llawr. Gwthiodd Non y drysau ar agor. Y tu allan, roedd golau'r lleuad yn disgleirio ar yr afon, a'r bont drosti i'w gweld yn eglur. Pan lifodd y golau o'r drws dros y bont, gallai Owain weld ffigurau tywyll yn rhedeg nerth eu traed tuag atyn nhw, a llafnau eu cleddyfau'n amlwg.

'Ond . . .' Stopiodd Owain wrth sylweddoli nad oedd e'n gwybod beth i alw'i fam. Roedd defnyddio'r gair 'Mam' mor anghyfarwydd, rhywsut. 'Rydych chi'n gwisgo gwisg y Rhwygwyr. Fe wnaiff Glyndŵr ymosod . . .'

'Na wnaiff, mae o'n fy adnabod i'n iawn, Owain.'

Erbyn hynny, roedd y cyntaf o'r ffigurau wedi cyrraedd y castell. Yn y golau, gallai Owain weld gwallt gwyn Glyndŵr yn chwythu yn y gwynt. Wrth ei ochr cerddai Iolo'r bardd, â gwên lydan ar ei wyneb.

'Da iawn, Owain!' gwaeddodd hwnnw.

'Ble mae Rhodri a Gwenllïan, Non?' holodd Glyndŵr yn gyflym.

'Yn y neuadd,' atebodd hithau, gan bwyntio at y drws. Gwenodd y tywysog a brysio at y drws cyn rhoi hergwd iddo i'w agor. Rhedodd ar ei ben i'r frwydr, a Iolo a'i filwyr ar ei ôl. Clywodd Owain weiddi croch o'r tu mewn i'r neuadd a sŵn y cleddyfau'n taro yn erbyn ei gilydd. Cydiodd Non yn y tri ohonyn nhw a rhedeg dros y bont, yn ddigon pell o gyffiniau'r castell.

'Ond dwi isie helpu Glyndŵr!' gwaeddodd Geth, yn llawn cyffro.

'Rydych chi wedi helpu hen ddigon yn barod! Gadewch i'r milwyr ymladd. Rhaid i ni ddod o hyd i rywle diogel i gysgodi ynddo,' meddai Non yn bendant.

Rhedodd y tri nerth eu traed dros y bont a chyrraedd adeilad bychan ar yr ochr draw. Rhyw fath o gysgodfan ar gyfer y milwyr oedd yn gwarchod y bont oedd e, ond doedd dim golwg o'r un ohonyn nhw yno. Roedd swp o flancedi ac ambell glogyn yn y gornel. Arweiniodd Non nhw draw atyn nhw a'u gorfodi i orwedd i lawr.

'Rhaid i chi orffwys. Bydd digon o gyfle i ofyn cwestiynau wedyn. Fe a' i i chwilio am fwyd.'

Gwelai Non fod golwg lwglyd a blinedig ar Geth a Marian.

Ymhen dim amser, roedd holl ddigwyddiadau'r dyddiau diwethaf, y syndod a'r ofn, wedi dod yn ôl i'w meddyliau. Roedd Geth a Marian yn cysgu'n sownd, ond daliai Owain i wylio Non. Eisteddai hi ar gadair wrth ffenest yr adeilad bach, yn cadw golwg ar y bont. Trodd tuag ato a gwenu, a'r dagrau'n amlwg yn ei llygaid. Am y tro cyntaf ers dyddiau – ers blynyddoedd, mewn gwirionedd – roedd Owain yn teimlo'n ddiogel, ac yn hapus.

16

Croesi'r Bont

Cerddodd criw mawr i lawr ar hyd y llwybr serth tuag at y fan lle'r oedd y bont rheilffordd i fod. Roedd pawb wedi tawelu ychydig erbyn hyn, hyd yn oed Glyndŵr a oedd wedi bod yn siarad yn frwd am rygbi ar hyd y daith gyda Geth.

Roedd Owain, Geth a Marian wedi cysgu yn yn yr adeilad bach wrth ochr y bont tan i haul y bore eu deffro. Am eiliad, credai Owain ei fod wedi breuddwydio'r cwbwl. Yna gwelodd ei fam yn edrych arno o'r union gadair lle'r oedd hi'n eistedd neithiwr. Gwenodd ar y tri ohonyn nhw. Roedd hi wedi dod o hyd i fwyd yn rhywle yn ystod y nos, ac wrth iddyn nhw fwynhau brecwast o fara, caws ac afalau, roedd pawb am y gorau'n sgwrsio. Eglurodd Non fod Glyndŵr a'i filwyr wedi trechu byddin y castell, ac er bod ambell Rwygwr wedi dianc roedd y castell bellach yn nwylo'r Cymry a phawb yn ddiogel er gwaetha'r brwydro ffyrnig.

Wedyn, daeth cyfle i Owain, Geth a Marian adrodd eu hanesion hwythau. Gwrandawodd Non yn astud, yn amlwg yn mwynhau'r cwmni. Ymhen dim, daeth sŵn cyfarthiad hapus o'r tu allan a rhuthrodd mellten ddu a gwyn tuag atyn nhw. Neidiodd Crach i'w ganol a llyfu pob llaw a throed o fewn golwg. Roedd ei gynffon yn chwifio'n gyflymach nag erioed wrth i bawb roi mwythau iddo. Ymhen tipyn, daeth Glyndŵr, Rhodri a Gwenllïan i'r golwg a dechrau cerdded tuag atynt. Roedd Gwenllïan yn gafael yn llaw rhywun arall roedd Owain yn ei adnabod.

'Mouse!' gwaeddodd. Edrychodd hwnnw i fyny'n syn wrth glywed ei enw.

'Jones! Owain! Please, take me back home with you!'

Gwenodd Owain a nodio'i ben.

'Druan ohono,' meddai Gwenllïan, 'mae o wedi cael amser caled gan y Rhwygwyr. Mi gafodd ei ddal yn crwydro'r llethra uwchben y bont reilffordd y bore wedi i ni gyfarfod.'

Roedd wyneb Mouse yn welw, a'i ddillad wedi'u rhwygo. Syllai'n ofnus ar bawb heb fedru dweud gair. Aeth Owain ato a'i gofleidio, cyn i bawb fwrw ymlaen â'r daith.

Bu siarad mawr yr holl ffordd wedi hynny.

Adroddodd Rhodri, a oedd yn hercian oherwydd clwyf mawr ar ei goes, hanes y frwydr yn y castell. Dechreuodd Iolo hyd yn oed gyfansoddi cerdd i ddathlu'r fuddugoliaeth. Ond yn fwy na dim, roedd y daith yn gyfle i Owain siarad â'i fam.

'Y peth cynta dwi isie'i wneud yw ymddiheuro i ti. Ar ôl i ti gael dy eni, ymosododd y Rhwygwyr arnon ni. Cafodd nifer fawr o Bwythwyr eu lladd, ac aeth dy dad â ni i Dolybrwyn i guddio. Mi benderfynon ni nad oedd hi'n bosib i ni dy guddio di gyda ni oherwydd byddai'r Rhwygwyr yn siŵr o ddod o hyd i ni yn y diwedd. Felly fe wnaethon ni dy guddio di yn y cartre plant yn Lerpwl. Newidion ni ein hymddangosiad yn y dyfodol a mynd yn ysbïwyr. Mae dy dad yn yr ugeinfed ganrif – ac wedi bod yno ers pum mlynedd.' Er ei bod yn gwenu ar Owain, roedd dagrau'n cronni yn ei llygaid.

'Ga i ddod i fyw gyda chi, Mam?' gofynnodd Owain.

Daeth golwg fwy poenus fyth i wyneb Non. Tynnodd anadl ddofn cyn ateb. 'Ddim yn syth, Owain. Fe fydd 'na waith i'w wneud am fisoedd nawr, a fydd hi ddim yn saff i ni am dipyn.' Cwympodd wyneb Owain. 'Ond dwi'n addo

dod i dy gasglu di pan fydd hi'n ddiogel, a mynd
â thi i weld dy dad,' ychwanegodd Non.

Cododd Owain ei galon. Gallai ddioddef
ychydig fisoedd yn y cartre os oedd gobaith
y byddai ei fam yn dod i'w gasglu'n weddol
fuan.

Daeth y criw i'r union fan lle'r oedd y bont i
fod, a thawelodd pawb. Yno'n eu disgwyl roedd
Parri, y ffermwr â'r llygad gwyrdd.

'Helô, Parri!' galwodd Rhodri wrth i Crach
redeg yn syth ato a llyfu'i fysedd.

'Su'mae?' Plygodd Parri ei ben i gyfeiriad
Glyndŵr a gwenu ar Non.

'Wyt ti'n dal yn fodlon gwneud yn siŵr fod y
rhein yn cyrraedd 'nôl i Fferm yr Hafod?'
gofynnodd Rhodri.

'Ydw, myn diawl!' Edrychodd Parri'n ffyrnig
ar y plant, cyn gwenu.

'Ydych chi wedi gweld Hartley-Smythe o
gwbl?' holodd Owain mewn llais bach. Roedd
wedi bod yn poeni'i enaid ynglŷn â beth fyddai
ganddi hi i'w ddweud am ei antur annisgwyl.

'Ha!' chwarddodd Parri. 'Do, ma' hi 'di bod
yn rhedeg o gwmpas y lle fel rhyw iâr wallgo'n
chwilio amdanoch chi. Ry'ch chi wedi bod ar
goll ers diwrnodau y pen yma, cofiwch! Unwaith

iddyn nhw sylweddoli eich bod chi ar goll, aeth hi'n benwan! Roedd hi hyd yn oed yn bygwth yr heddlu ar Rhys!'

Ochneidiodd Owain ac edrych ar Mouse – doedd hwnnw, wrth gwrs, ddim yn deall gair. Ond doedd Parri ddim wedi gorffen ei stori eto.

'Fe ddaeth hi lawr fan hyn i chwilio amdanoch chi gynta, achos roedd y ddau fachgen arall oedd gyda hwn,' pwyntiodd fys at Mouse, 'wedi dweud wrthi mai fan hyn welson nhw chi ddiwethaf. Mae'n debyg eu bod nhw wedi cael llond twll o ofn pan welson nhw'u ffrind yn diflannu drwy'r rhwyg yn y bont, a dyma nhw'n rhedeg nerth eu traed yn ôl i'r fferm ac at y fenyw Hartley-Smythe 'na! Hy! Fe ges i air bach yng nghlust Rhys . . . egluro'r sefyllfa ac ati. Ers hynny, mae e wedi bod allan yn esgus chwilio amdanoch chi. Ro'n i'n gwybod y byddech chi 'nôl cyn bo hir,' meddai gan wincio ar Glyndŵr. 'Cofiwch, mae'r lle'n ferw gwyllt o heddlu a chriwiau achub, a phawb yn chwilio amdanoch chi. Ond, sdim angen i chi boeni am Hartley-Smythe . . . bydd hi mor falch â neb o'ch gweld chi 'nôl yn saff!'

Trodd at Geth a Marian. 'Mae eich athro chithau wedi bod yn poeni hefyd, a'ch rhieni wedi cyrraedd er mwyn helpu Rhys i chwilio amdanoch chi.'

Gwenodd y tri phlentyn ar ei gilydd. Erbyn hyn, roedd Mouse yn cyrcydu y tu ôl i Owain ac yn sibrwd dan ei anadl ei fod eisiau mynd adre. Daeth llais Glyndŵr i foddi ei sibrwd.

'Diolch am bopeth, Owain. Dere 'nôl i Ddolybrwyn ryw dro, os galli di ddod o hyd i'r lle!' Siglodd Glyndŵr ei law.

'Diolch am eich help,' atebodd Owain.

'Mae'r un gwahoddiad i chithe ddod aton ni,' meddai Glyndŵr, gan nodio at Geth, Marian a Mouse hyd yn oed.

'Pob hwyl, Owain, roedd yn bleser cael dy gyfarfod di,' meddai Gwenllïan gan gusanu'i foch. Cochodd yntau.

'Pob hwyl, fachgen. Welwn ni ti cyn bo hir, gei di weld.' Siglodd Rhodri ei law.

'Dwi ddim yn gwybod sut i ddiolch yn iawn i chi.'

'Paid â siarad yn wirion, 'chan.'

'Hwyl i ti, Owain!' gwaeddodd Iolo o'r cefn. 'Mae'r gerdd bron yn barod. Gei di 'i chlywed hi y tro nesa!'

Plygodd Non ymlaen a sibrwd rhywbeth yn

dawel yng nghlust ei mab. Wrth iddi godi roedd y dagrau'n llenwi ei llygaid.

Gan daflu un cip olaf ar y criw, trodd Owain tua'r afon a cherdded yn ei flaen. Teimlodd wres yn golchi drosto wrth iddo gamu i heulwen tanbaid. Yn sydyn, ymddangosodd y bont o'i flaen. Gafaelodd yn ei hochrau, a'i ffrindiau'n dynn wrth ei sodlau, a'i chroesi.

Dilynodd Owain, Geth, Marian a Mouse gysgod Parri ar hyd yr un lein reilffordd lle y rhedodd Crach ar eu holau ddyddiau ynghynt. Roedden nhw i gyd wedi blino'n lân, ond yn falch o fod ar eu ffordd 'nôl i'r presennol. Roedd gwên lydan ar weflau Crach hefyd, wrth iddo redeg mewn cylchoedd o gwmpas traed pawb.

'Alla i ddim credu bod yn rhaid mynd 'nôl i'r ysgol nawr,' cwynodd Geth.

'Alla i ddim credu bod dim hawl 'da ni i ddweud wrth unrhywun ble rydyn ni 'di bod!' meddai Marian.

'Alla i ddim credu bod yn rhaid i fi fynd 'nôl i'r cartre chwaith,' meddai Owain yn ddigalon.

'Newn ni dy achub di! 'Nest ti ein hachub ni, yn do? O leia fydd 'na ddim milwyr â chleddyfe i'n stopio ni.'

'Na, ond bydd rhywun gwaeth – Hartley-Smythe! Sdim angen cleddyfe ar honno!'

'Ti'n meddwl welwn ni'n gilydd eto?' gofynnodd Geth.

'Gwnawn, wrth gwrs. Dwi'n mynd i wneud yn siŵr 'mod i'n dod lawr i'r De cyn hir. Adeg y gwylie, falle.'

'Ond sut, Owain?' holodd Marian. 'Wnaiff Hartley-Smythe fyth adael i ti.'

'Fe ddyweda i wrthi 'mod i'n ffrindie gyda gwrthryfelwr gwyllt o'r bymthegfed ganrif!'

Chwarddodd pawb. 'Fe ddywedodd Mam y byddai'n dod i'm nôl i 'leni,' mentrodd Owain â gobaith mawr yn ei lygaid.

'Grêt, byt! Pwy a ŵyr beth ddigwyddith i ni!' Ochneidiodd Marian.

'O leia ma' gyda ni un fantais nawr, ar ôl yr antur fawr 'ma!' dywedodd Owain.

'Beth?' holodd y ddau arall gyda'i gilydd.

'Bydd y gwersi hanes yn dipyn mwy diddorol y tymor nesa!'